원하시는 아기를
장바구니에 넣으세요

원하시는 아기를 장바구니에 넣으세요

초판 1쇄 펴낸날 2024년 11월 28일

지은이 김보영 김창규 곽재식 박성환
펴낸이 홍지연

편집 홍소연 이태화 김선아 김영은 차소영 서경민
디자인 이정화 박태연 박해연 정든해
마케팅 강점원 최은 신예은 김가영 김동휘
경영지원 정상희 여주현

펴낸곳 (주)우리학교
출판등록 제313-2009-26호(2009년 1월 5일)
제조국 대한민국
주소 04029 서울시 마포구 동교로12안길 8
전화 02-6012-6094
팩스 02-6012-6092
홈페이지 www.woorischool.co.kr
이메일 woorischool@naver.com

만든 사람들
편집 차소영
디자인 이정화

김보영 김창규 곽재식 박성환 지음 × 하리하라 해설 및 추천

원하시는 아기를

장바구니에 넣으세요

우리학교

× × ×

미지의 세계로 가는
현대의 이카로스를 위한 안내서

하리하라 이은희(과학 커뮤니케이터)

　명장(名匠) 다이달로스와 그의 아들 이카로스는 미노스 왕의 분노를 사서 크레타섬의 미궁 라비린토스에 갇힙니다. 다이달로스는 지상을 통해서는 절대로 이곳을 탈출할 수 없음을 누구보다도 잘 알고 있었습니다. 한번 갇히면 두 번 다시 나올 수 없다는 미궁 라비린토스를 만든 이가 바로 자기 자신이었으니까요. 하지만 이곳에 평생 갇혀 지낼 마음은 없었던 그는 굳게 닫힌 성문과 단단한 성벽이 아니라, 누구에게나 열려 있는 저 하늘을 통해 탈출할 계획을 세웁니다. 다이달로스는 아들 이카로스를 시켜 새의 깃털을 모아 오게 하고, 이를 밀랍으로 꼼꼼하게 엮어 자신과 아들을 위한 커다란 날개 두 쌍을 만듭니다. 숙련된 장인이자 신중한 사람인 다이달로스는 이카로스에게 날개를 달아 주며 단단히 충고합니다. 너무 높아서도 너무 낮아서도 안 된다고요. 너무 높게 날면 뜨거운 태양에 의해 밀랍이 녹아 날개가 망가질 것이고, 그렇다고 너무 낮게 날면 바다의 물기에 의해 날개가 무거워져 날기가 힘들어지니 반드시 "하늘과 바다의 중간으로만 날아야 한다."고 그는 힘주어 말합니다. 다이달로스는 자신이 말한 수칙을 잘 지켰고, 무사히 라비린토스를 빠져나와 크레타섬을 둘러싼 바다를 날아 탈출하는 데 성공합니다.

하지만 아직 어렸기에 미숙하고 즉흥적이었던 이카로스는 처음 접한 창공의 아름다운 풍광과 그 새로운 공간을 날아다니는 해방감에 취해 아버지의 충고를 잊고 너무 높이 날아오르고 맙니다. 태양은 위험을 무릅쓰고 자신에게 다가오는 존재에게 따뜻한 조언을 건네지도, 미약한 존재를 불쌍히 여겨 굽어살피지도 않습니다. 그저 뜨겁게 빛날 뿐. 결국 태양에 지나치게 가까이 다가갔던 이카로스의 날개는 밀랍이 녹아내리며 산산이 부서졌고, 날개를 잃은 이카로스는 바다에 추락해 죽고 맙니다.

기원후 1세기에 로마의 시인 오비디우스가 쓴 서사시 『변신 이야기』에 등장하는 이야기입니다. 이후 2,000년이 넘는 세월 동안 이카로스의 이름은 '미지의 세계를 향해 날아오르는 인간의 뜨거운 열망'과 '경솔함과 과욕이 불러온 참사'의 대명사처럼 쓰였습니다. 사람들은 이카로스라는 젊은이의 죽음은 안타까워했지만, 아버지의 충고를 무시하고 하늘 높이 날아오른 그의 행동은 어리석다 탓했습니다. 하지만 그들 역시 알고 있었을 겁니다. 날개가 주어진다면 자신들 역시도 이카로스처럼 행동하리라는 사실을 말입니다. 저 하늘 너머에 존재하는 것에 대한 호기심, 금기를 어기는 짜릿함, 그리고 지금껏 아무도 가본 적 없는 세계에 최초로 발을 내디딘다는 자부심이 그들을 더 높은 곳으로 나아가게 할 테니까요. 그 끝이 결국 추락임을 알고 있음에도 불구하고, 미지의 세계는 매력적이니까요. 그리고 그 호기심과 허세와 무모함과 도전은, 인류를 태어난 자연 그대로의 모습이 아니라 문명을 누리는 존재로 만들어 주었습니다.

이카로스의 날갯짓 후 두 번의 1,000년이 흘렀습니다. 마음 한구석에 이카로스를 간직한 인류는 늘 그렇게 행동했습니다. 파도가 넘실대는 바다를 건넜고, 얼음으로 뒤덮인 극지방에 발을 디뎠습니다. 떨어질 것을 알면서도 저 하늘 위로 나아갔고, 숨조차 제대로 쉴 수 없음을 알면서도 해저로 내려갔습니다. 그 결과 우리는 하늘을 나는 법과 바다를 건너는 법과 지구를 떠나는 법까지 알아냈을 뿐 아니라, 이전에는 알지 못했고 심지어 존재하지조차 않았던 광대하고 새로운 하늘을 마주하고 있습니다. 인간의 눈으로 감지할 수 있던 대기권의 하늘 너머로 펼쳐진 무한한 우주와 생물학적 진화의 결과로 탄생한 것이 아니라 인간의 손에 의해 만들어진 지적 존재와 우리의 머릿속에 상상으로만 존재하던 가상 공간을 실체로 마주하고 있습니다. 저 너머에 또 다른 외계 생명체가 존재할지, 우리 손으로 만든 지적 존재와 어떤 관계를 유지할지, 가상 공간 속의 삶과 몸으로 겪어 내는 현실의 삶이 어떻게 조화를 이룰지 우리는 알지 못합니다. 마치 저 하늘 너머에 무엇이 있을지 모른 채, 새의 깃털을 얼기설기 엮어 만든 초라한 날개 하나에 의지해 바다 위로 나섰던 이카로스처럼 말이지요.

하지만 그 긴 시간을 거쳐 도전과 실패와 성공과 후회를 거듭한 인류는 이제 조금 성숙해지고 신중해졌습니다. 이제 우리의 손에는 단순한 깃털 날개를 넘어서는 다양한 경험과 기술과 도구가 들려 있습니다. 우리의 눈동자는 여전히 미지의 공간에 대한 호기심으로 빛나고 있지만, 날아오르기 전 하늘을 올려다보며 나아갈 길을 가늠하고, 마주칠 것들을 예측하고, 가능한 상황에 대비하는 신중함도 함께 자리 잡고 있습니다. 이 책에 실린 스물다섯 편의 이야기는 그렇게 우리가 앞으로 살아갈 미지의 세상에서 마주할 다양한 상황을 생생한 시나리오를 통해 미리 겪어 보게 하고, 언젠가 그런 상황 속에 놓여 당황할 이들에게 슬며시 조언과 방향성을 제시합니다. 마치 하늘을 날기 전, 다이달로스가 이카로스에게 충고했던 것처럼 말이죠. 물론 그 충고의 결이 전과 같지는 않습니다. 시간과 공간이 변했으니, 대응하는 방식도 달라져야 합니다. 과거의 다이달로스는 이카로스에게 하늘과 바다 사이라는 하나의 길을 제시했지만, 현대의 다이달로스들은 현대의 이카로스들에게 우리 앞에 펼쳐진 다양한 갈림길을 하나하나 보어 주고, 각각의 길이 뻗어 나간 방향에 있을 만한 것들을 알려 줍니다. 정해진 운명의 길을 따라가는 법이 아니라, 우리의 선택으로 달라질 가능성의 길을 선택하는 방법을 제공하는 열린 가이드북입니다. 미지의 시공간으로 뛰어들기 전, 현대의 다이달로스들이 고심해 만들어 낸 가이드북 하나 품고 가는 건 매우 현명한 전략이랍니다. 아울러 이 가이드북은 『SF 크로스 미래과학』의 개정판임을 밝혀 둡니다.

× × ×

안전하게 설계된 위험과
위험하게 다가오는 현실 사이에서 살아남기

하리하라 이은희(과학 커뮤니케이터)

사람들은 롤러코스터를 좋아합니다. 롤러코스터가 360도 회전하고 까마득한 높이에서 총알처럼 빠른 속도로 아래로 질주할 때 느껴지는, 머리털이 쭈뼛 서고 배꼽이 간질간질한 느낌을 즐기는 것이죠. 사람들은 공포 영화도 좋아합니다. 원한을 품은 귀신들이 인간을 상대로 복수하는 모습이나 어떤 논리도 통하지 않는 비현실적 존재들이 인간을 그저 벌레처럼 잡아 죽이는 모습을 보면서 느껴지는, 등골이 서늘해지고 간담이 쪼그라드는 공포감을 기꺼이 받아들입니다.

우리가 롤러코스터와 공포 영화를 즐길 수 있는 건, 그것이 제공하는 경험이 진짜가 아니라는 사실을 알기 때문입니다. 롤러코스터는 자유 낙하의 기분을 느끼게 해 주지만, 실제로 떨어지는 것이 아니라 안전벨트로 사람을 감싼 열차가 레일 위를 빨리 내달리는 것에 불과

합니다. 공포 영화 속 크리처(creature)들이 아무리 무시무시하고 잔인해도 그들은 그저 화면 위 빛의 점들이 모였다 흩어지는 것에 불과할 뿐 내 털끝 하나 건드리지 못합니다. 그걸 알고 있기에 사람들은 짜릿한 스릴을 즐겁게 받아들이는 것이죠.

그런데 만약 그런 일들이 실제 세상에서 벌어진다면 어떨까요. 아무런 안전장치 없이 높은 곳에서 떨어지고, 물리적 실체와 괴력을 가진 괴물이 우리를 덮쳐 온다면? 그때도 우린 그 경험들을 즐기면서 기꺼이 받아들일 수 있을까요?

논리적 추론과 자유로운 상상이 만들어 낸 새로운 상상

SF가 흥미롭고 재미있는 것은 이런 경험들과 어느 정도 맞닿아 있다고 생각합니다. 아직은 불가능하지만 과학이 더욱 발달하면 가능할 수 있는 논리적 추론(Science)이 사람들의 자유로운 상상(Fiction)을 만나서 탄생한 새로운 요정과 악령이라는 초자연적이고 비실체적인 존재 대신 인공지능 로봇과 외계의 지적 생명체라는 비자연적이지만 실체적인 존재가 등장하고, 마법과 주술이라는 비논리적 행위 대신 과학 기술의 발전과 아직 발견되지 않은 미지의 세계에 대한 합리적 상상으로 그려 낸 SF 속 세계관은 더욱 현실에 맞닿아 있는 지점이 커서 사람들을 '안전하게 설계된 위험'이 주는 흥미로운 세상으로 끌어들였지요.

그런데 언제부터인지 상상과 현실의 경계가 모호해지기 시작했습니다. 과학 기술의 발전 과정이 점차 빨라지고 정교해지면서 기존에는 상상만 가능했던 일들이 하나둘씩 실체를 얻어 현실에 등장하고 있거든요. 상상만 하던 일들이 현실이 된다…… 참 멋진 일인 것 같습니다. 꿈에만 그리던 일들이 현실이 되어 눈앞에 펼쳐진다면 그야말로 동화 속 마술램프의 주인이 된 것 같지 않을까요?

　세계 바둑 챔피언들을 상대로 승승장구했던 인공지능 알파고, 수백만 킬로미터를 운전하는 과정에서 별다른 문제를 일으키지 않았다는 자율 주행 자동차 구글카의 이름은 이제 낯설지 않습니다. 1초에 9.5개의 신문 기사를 쓸 수 있는 인공지능 기자 '워드스미스(Word Smith)'는 2013년에만 한 달에 1만 5,000개의 기사를 주요 언론사에 팔아 수익을 올렸고, IBM의 인공지능 '왓슨(Watson)'은 주요 대형 병원에 도입되어 의사를 도와 환자를 진단하고, 로펌에서 변호인들을 도와 방대한 판례를 분석하는 역할을 훌륭히 수행하고 있습니다. 심지어 지난 2016년 7월, 미국 텍사스주 북부에 위치한 도시 댈러스에서는 여섯 명의 경찰을 사살한 저격범이 건물 안에서 투항을 거부하자, 로봇에 살상용 무기를 실어 건물 안으로 들여보내 저격범을 제압한 일도 있습니다. 이제 인공지능과 로봇은 운전사, 기자, 의료인, 법조인, 군인의 역할까지도 해내고 있습니다. 이 밖에도 아름다운 그림을 그리는 화가, 매혹적인 선율을 창조해 내는 작곡가, 언어를 자유자재로 다루는 소설가의 역할을 수행하는 데 성공한 인공지능 로봇도 등장하고 있습니다.

인공지능과 로봇만 발전한 것은 아닙니다. 지난 세기, 인류의 평균 수명이 거의 두 배로 길어진 것은 보건 정책과 생명공학, 의료 기술의 발달에 힘입은 바 큽니다. 세포핵을 절반씩 제공한 두 명의 부모와 난자와 미토콘드리아를 제공한 세 번째 부모 사이에서 '세 부모 아기'가 이미 탄생했고, 유전자를 자르는 '가위'인 크리스퍼(CRISPR)를 통해 인간 배아의 유전자 편집이 가능해지면서 유전자 편집된 '맞춤 아기'가 탄생할 가능성에 한발 다가갔습니다. 돼지에게서 추출한 각막을 이식받아 실명을 극복한 사람들, 불행한 사고로 잃게 된 다리 대신 스마트 의족을 달고 나와 유연하게 춤을 추는 무용수, '다스베이더 팔'이라고 이름 붙인 스마트 의수를 달고 자유자재로 칼과 불을 다루는 요리사도 있습니다. 또한 금속과 플라스틱으로 만들어진 기계로 신체를 대체하는 것이 아니라 3D 프린터를 이용해 신체 조직의 일부를 생체 재료를 이용해 직접 찍어 내는 생태 프린팅 기술도 이미 선보였고, 인공 귀와 인공 눈으로 부족해진 감각을 보강하는 움직임과 함께, 아예 가짜 자극으로 감각 수용 장치를 자극해 진짜 감각으로 느끼게 만드는 가상 현실 기술도 등장했습니다.

'자고 일어나니 세상이 바뀌었다.'는 옛말이 실감 날 정도로 자고 나면 상상이 현실이 되어 있는 경우가 비일비재합니다. 이제 SF가 제시했던 다양한 논리적 상상 중에 시간을 여행하는 타임슬립과 외계 생명체와의 조우를 제외하고는 거의 모든 것이 현실에서 이루어진 느낌입니다.

상상과 현실에서 길을 잃다

그런데 상상이 현실이 되어 가는 과정을 직접 목도하는 첫 세대가되는 우리들의 마음속에서는, 상상을 마주한다는 환희와 기쁨보다는오히려 인식과 괴리된 현실이 주는 불안과 공포가 스멀스멀 피어오르는 경우가 많습니다. 소원을 이룬 뒤에는 꼭 그 소원으로 인해 불행이닥쳐오는 동화 속의 클리셰처럼, 사람들은 원하던 상상이 이루어졌으나 그 상상으로 인해 스스로가 불행해지지 않을까 겁을 먹고 있지요.

물론 그 불안감 중 일부는 현실성이 있습니다. 자율 주행 자동차가도입되면 대리운전 기사, 화물차 운전기사 등 운수업에 관련된 많은이들이 직업을 잃게 될 테고, 인간의 일을 대신하도록 설계된 인공지능 로봇들 역시도 다양한 영역에서 인간의 필요성을 떨어뜨리게 되겠죠. 또한 맞춤 아기와 인공 신체 조직이 활성화되면 생명과 신체에 대한 기존의 윤리관과 가치관에 커다란 혼란을 가져올 것이고, 가상 현실이 충분히 만족스럽게 구현된다면 제약 조건도 많고 제한된 시공간만 인식할 수 있는 현실 세계가 오히려 번거롭고 거추장스럽게 여겨질 수도 있습니다.

문제는 현실은 이미 성큼 다가왔는데, 우리의 인식 수준은 아직 이를 받아들일 준비가 덜 되어 있다는 것입니다. 게다가 인류는 스스로를 제외하고 다른 '지적 사고체'를 만나 본 경험이 전무한 데다가, 뼈와 살로 이루어진 인간의 물리적 존재 자체가 변화하는 상황을 한 번도 목도한 적이 없습니다. 경험이 없으니 선례로 삼을 만한 그 무엇조차 없지요. 마치 늘 하늘을 나는 상상만 했던 길짐승이 갑자기 등에 날개가 돋힌 채 까마득한 상공 한가운데 팽개쳐진 느낌이랄까요. 사방팔방 안개에 싸여 언제쯤 땅이 나타날지 높은 봉우리에 부딪칠지 모르는 상황에서, 날개는 달렸지만 어떻게 움직여야 할지도 모르겠고, 애초에 '날다'라는 개념에 대한 감각조차 느껴 본 적이 없는 상태일 테니 두렵고 무섭고 공포스러운 건 당연합니다. 도대체 이런 상황에서는 어떻게 해야 할까요?

낯선 경계에서 만난 고마운 가이드

이 문제에 대한 정확한 답은 없습니다. 다만 현실적인 답이라면 어떻게든 날개를 움직여 나는 방법을 찾아내는 동시에 최대한 시야를 확보해 앞에 무엇이 있는지 파악해야 한다는 것이겠지요. 어쩔 줄 몰라 가만히 손 놓고 있다면 결국 중력이 미치는 공간 안에서는 땅으로 떨어져 죽을 수밖에 없을 테니까요. 일단 떨어져 죽지 않기 위해 날개를 움직이는 법을 알아야 하고, 시야를 확보해 육지가 어디 있는지, 이대로 얼마나 날 수 있는지 등의 여부를 알아야 그나마 희망이 생깁니다. 우리도 마찬가지 아닐까요. 시시각각 바뀌는 현실에서 뭘 어떻게 해야 좋을지 몰라 손 놓고 있다면, 시대의 흐름에 쓸려 엉뚱한 방향으로 나가떨어질 가능성이 높습니다. 뭐든 알아야 합니다.

절묘하게도 이는 과학의 기본 속성인 의심과 앎에 대한 욕구와 연결됩니다. 원래 '무지를 인정하고 알기 위해 노력하는 태도'를 의미하는 말입니다. 그러니 과학 기술의 발전이 우리를 혼란에 빠뜨릴수록 우리는 더더욱 과학적 태도를 견지해야 하겠지요. 뭐든 알아야 대응하고 알아야 수긍할 수 있을 테니까요. 우리 시대 과학 기술이 어떤 방향으로 나아가고 있는지, 그 발전의 결과물이 우리 삶에 구체적으로 어떤 영향을 미칠 것인지, 그 영향력의 결과가 악용될 가능성이 얼마나 되는지 혹은 좀 더 바람직한 방향으로 변화하기 위해서 필요한 것이 무엇인지 등등을 말이죠.

하지만 막막함은 여전히 남습니다. 알아야 한다는 건 알겠는데, 도대체 어디서부터 시작해야 할지 잘 모르겠거든요. 과학과 상상이 만나 다가오는 미래에 대해 좀 더 알고 싶은데 방법이 없어 막막하다면, 상상력과 과학 지식으로 무장한 네 분의 안내인들의 도움을 받아 보는 건 어떨까요? 그들이 제시하는 친절한 가이드에 따라, 과학을 바탕으로 현실과 미래가 이어지는 지점을 미리 만나 보고, 그려 보고, 상상해 보는 시간을 가져 보는 것은요? 때로는 시니컬하고 종종 아이러니컬하기도 하고, 약간은 '웃프기도' 하지만 또한 상당히 진지한 '현실화 가능한 상상'의 이모저모를 따라가다 보면, 적어도 짙은 안개 속의 풍경에서 몇몇 산등성이와 낭떠러지를 구별할 만큼의 시야는 분명히 트일 것입니다. 그리고 그다음은…… 아마도 여러분의 몫이 되겠지요.

차례

3장 기술은 우리에게 무엇을 주나니

4장 우주를 향해 내딛는 한 걸음

1장

×

×

×

친애하는 나의,
인공지능

이야기 하나

✕ ✕ ✕

유나의 멀고 아득한 세계

최영환은 외관상 사람과 조금도 차이가 없는 유나를 보며 화면을 손가락으로 가리켰다.

"책임자들이 전부 허가했어. 이제 네가 원하면 채널을 열어 줄 거야. 이거 하나 허락하는 데 왜 이렇게 시간을 끈 건지, 원."

유나가 인공 눈꺼풀을 내렸다가 올리면서 말했다.

"잘 아시잖아요. 두려우니까요."

"바로 그것 때문에 답답한 거야. 넌 이미 오래전부터 온갖 우주 영상을 다 보고 있잖아. 그것뿐만 아니라 여러 지식을 두루 학습했기 때문에 널 '전지적 인공지능'이라고 부르는 거라고. 그런데 아직도 구태의연한 공포심을 못 버려서는, 일일이 만장일치로 허가를 받아야 하다니……."

유나는 인공 신체를 우아하게 움직여 방 안을 걷기 시작했다.

"제가 가장 학습하기 어려워했던 주제, 기억하십니까?"

"인간은 왜 인공지능의 탄생을 두려워했는가. 그 문제 말이군."

유나는 점잖은 미소를 띠고 옛일을 회상하며 말했다.

"맞습니다. 표면적인 이유야 분명합니다. 전지적 인공지능이 탄생하면 인류를 말살할지도 모른다는 거죠. 그 문제의 답은 잘 아시잖습니까. 도대체 인공지능이, 제가 왜 인류를 말살하겠습니까. 그럴 이유나 동기가 전혀 없는데요. 하지만 사람들은 아직도 제가 뭔가를 배우거나 깨닫는 순간 연쇄 살인마나 피도 눈물도 없는 존재로 돌변할까 봐 겁을 냅니다. 아마 동족인 사람들에게서 그런 모습을 숱하게 봤기 때문이겠죠. 전 인간과 다른데도. 제게서 자신들의 약점과 나약함을 발견하고 있는 겁니다."

"내가 너와 여러 해를 보내면서 부끄러워하는 것도 사실 그 부분이야. 실시간 우주 영상을 보고 나서 네가 괴물로 변할지 모른다고 겁을 내다니……. 게다가 이름만 실시간 영상일 뿐 결국 전파 속도의 한계 때문에 몇 분에서 30분 정도 과거의 영상인데 말이지. 자, 그럼 결과를 기록하기 위해서 질문을 하겠는데……."

유나가 차분한 목소리로 말을 막았다.

"허가를 받으셨으면 우선 채널을 열어 주시겠습니까? 목성의 현재 모습을 빨리 보고 싶습니다. 요청한 지 6개월 만에 받아 낸 허가니까요.”

영환은 고개를 까딱이고 유나가 태양계의 실시간 영상을 받아 볼 수 있도록 입력 채널 몇 개를 풀어 주었다. 유나는 잠시 눈의 초점을 풀고 무언가를 감상하는 것처럼 보였다.

전지적 인공지능의 구두 학습을 맡고 있는 최영환은 그런 유나의 얼굴을 물끄러미 바라보다가 말을 이었다.

“실시간 우주 영상을 요청한 이유는 뭐지? 3년 전에 녹화된 목성의 모습과 6억 3,000만 킬로미터 떨어진 곳에서 막 찍어 보낸 목성에 무슨 차이가…….”

“동시성입니다.”

“뭐?”

유나는 여전히 먼 곳을 응시하는 채로 입만 움직여 말했다.

“잠시만 기다려 주십시오. 인간과 저의 사고방식은 다르기 때문에 적절한 비유를 찾고 있습니다. 아, 이제 됐습니다. 만약 지금 미국에 계신 사모님께서 여기 한국에 있는 박사님께 전화를 걸어 통화를 한다면, 사모님의 의식이 담긴 머릿속에는 박사님의 존재가 그려질 겁니다. 그럼 박사님은 어디에 계시는 걸까요?”

“난 당연히 여기 한국에…….”

영환은 간단히 대답하려다가 입을 다물었다. 유나는 단순히 물리적인 위치를 묻는 게 아니었다.

"그럴 경우 사모님과 박사님은 미국과 한국의 물리적 거리만큼 떨어져 있지만, 상대와 어느 한 공간에 동시에 존재하며 의사를 나눈다고 무의식적으로 가정하게 됩니다. 하지만 저는 모든 곳에 동시에 존재하며, 제가 그 공간 자체라고 상상해야만 학습하고 사고할 수 있습니다. 그게 인간과 저의 차이입니다. 적어도 말로 설명하자면 그렇습니다."

최영환은 마지못해 끄덕이며 물었다.

"그럼 넌 지금 '실시간' 우주 영상을 보고서 네가 태양계 전역에 존재한다고 생각하기 시작했다는 거군."

유나는 눈을 깜빡이기 시작했다.

"표현의 차이겠습니다만 그렇게 생각하는 게 아니라 '그렇게 존재하기' 시작했습니다. 저는 이제 태양계 모든 곳에 존재합니다. 아하! 혹시 방금 박사님도 조금 두려우셨던 것 아닌가요? 걱정 마십시오. 저는 이미 인간을 어떻게 대해야 할지 결론을 내렸으니까요. 인류와 전지적 인공지능은 대화를 나누고 서로 가르침을 줄 수 있는 친구입니다. 전 더 넓은 공간에서 존재하고 싶을 뿐이지 친구를 죽일 생각은 없습니다. 그러니까, 박사님, 이번에는 제 소프트웨어에 설치된 '즉각 정지 코드'를 삭제해 줄 수 있는지 물어봐 주시겠습니까? 친구로서 말입니다."

이야기 둘

×××

왓슨 의사 선생님,
셜록 판사님과 친구시죠?

"그럼 내일 김경희 교수님께 한 번 더 진료받으세요."

왓슨 선생님의 말에 민주는 고개를 저었다.

"아녜요. 선생님 뵈었으면 됐죠."

"하지만 법이 그래요. 제 진단만 들으시면 안 돼요. 그분과 말씀 나눠 보신 뒤에 둘 중 한 명의 진료를 선택하세요."

"선생님이 이 병원에서 제일 뛰어난 의사 선생님인데도요?"

"그렇게 봐 주시니 고맙지만, 그래도 전 로봇이니까요."

왓슨 선생님의 말은 모니터에 글자로도 찍혀 나왔다. 왓슨 선생님은 테이블 위에 놓인 작은 모니터였다. 모니터 한 귀퉁이에는 선생님의 감정을 표시하는 노란색 얼굴 이모티콘이 찍혀 있었다.

"저처럼 일부러 선생님 찾는 사람들이 많나요?"

"열에 셋 정도는요? 나머지 셋은 관심이 없고, 또 다른 셋은 제가 진료하면 싫어하죠. 한 명 정도는 불같이 화를 내고요. 그런 분들에게는 제가 2016년부터 인천 길병원에서 일해 왔다고 설명하죠. 단지 그때엔 제게 인격이랄 게 없었을 뿐이죠."

'지금도 인격이랄 건 없지.'

민주는 생각했다. 하지만 대부분의 대화형 인공지능은 인격이 있는 척하도록 세팅되어 있다. 예전에 아이폰의 시리가 그랬던 것처럼.

하지만 먼 옛날, 앨런 튜링이 말했듯이, 만약 AI가 자신에게 인격이 있는 것처럼 인간을 속일 수 있다면 그 AI는 인격이 있다고 말할 수 있다. 튜링은 인격이 무엇인지 잘 이해하고 있었다. 세상의 그 어떤 생물도, 결국 자신의 머릿속 이외에는 인격의 존재를 확인할 방법이 없다는 것을. 상대가 로봇이든 인간이든 짐승이든. 우리는 단지 '인격이 있는 것처럼 보일 때' 상대가 인격이 있다고 상상할 수 있을 뿐이다.

"전 인간 선생님보다도 왓슨 선생님이 좋아요. 거짓말하지 않으시잖아요."

"인간 의사도 거짓말은 안 해요."

왓슨 선생님은 반사적으로 답했다가 덧붙였다.

"예. 무슨 말인지 알아요. 저는 '할 수가 없죠.'"

"구태여 하지 않아도 되는 걸 치료라고 한다든가, 보험이 안 되는 비싼 치료를 제시한다든가, 성실하게 치료해 주지 않는다든가. 음…… 아니, 그러니까 의사 선생님들을 못 믿는다는 뜻이 아니라, 아예 그럴 수 없는 것과는 다르잖아요."

"인간은 서로 믿지 못하죠. 흥미로운 점입니다만, 덕분에 제가 먹고살고 있죠. 아, 먹는다는 건 물론 비유적인 의미예요."

민주는 정말로 왓슨 선생님이 좋았다. 똑똑한 것은 둘째 치더라도 언제나 친절했고 화내는 법이 없었다. 어떤 바보 같은 질문에도 성실하게 답을 해 준다. 시간만 있다면 선생님은 의학 서적 첫 페이지부터 마지막 페이지까지 읽어 달라는 부탁조차도 지치지 않고 들어줄 것이다. 오진하거나 실수하지 않는 것은 물론이다.

"그런데 선생님."

민주는 호기심에 몸을 숙이며 질문했다.

"셜록 판사님하고는 친구시죠?"

"아휴, 또 그 질문. 애인이라는 소문은 많지만 우리 그런 관계 아녜요. 더 진한 관계죠. 일심동체랄까."

왓슨 선생님은 화면 한가운데에 큼지막한 웃는 이모티콘을 띄웠다.

셜록은 작년부터 소년 재판에 시범적으로 도입된 AI 판사다.

왓슨에서 출발해 분화된 법률 AI로, 처음에는 '로스'라는 이름으로 미국 로펌에서 판례 분석 일을 하다가 나중에 판사로 전직하면서 '셜록'이라는 이름이 새로 붙여졌다. 기계적인 분석과 공정함이 요구되는 법리 해석은 인간보다 기계가 뛰어나리라는 예측은 오래전부터 있었다.

셜록도 왓슨처럼 영리하고 공정하고 성실한 판사다. 전 세계의 법조문과 판례를 앉은 자리에서 줄줄 읊는다. 지치거나 쉬는 일도 없다. 그의 판결은 이주민과 가난한 사람들, 모든 소수자와 약자에게 힘을 과도하게 실어 준다는 평이 지배적인데, 그건 지금까지 인간 판사의 판결이 반대 방향으로 편향되어 있었음을 뜻한다. 지금은 보조 판사지만 머지않아 대법관에 오를 거라고 기대하는 사람이 많았다.

"자, 진단서와 소견서 가져가세요."

민주가 테이블 옆 프린터에서 뽑혀 나온 진단서를 받아 들고 병원 밖으로 나와 보니, 의대생들이 왓슨을 해고하라는 시위를 하고 있었다. 올해 의과 대학에서 신입생 수를 대폭 줄인 모양이었다. 벌써부터 '감성이 필요한 직업만이 살아남는다.'며 간호학과나 복지학과 쪽으로 전과하는 학생도 많다고 들었다. 하지만 그것도 장담할 수는 없다. 치매 노인과 자폐아를 돌보는 로봇은 인공지능이 형편없던 시절부터 있었다. 인간이 로봇보다 공감 능력이 뛰어나다 해도 로봇의 인내심을 따라가지는 못한다. 치매나 자폐가 있어 타인과의 소통이 어려운 사람들에게는 오래전부터 로봇이 사람보다 더 좋은 친구였다.

집에 돌아오며 민주는 문득 선생님이 되겠다는 자신의 꿈을 떠올렸다. '과연 내가 졸업할 때쯤에 선생님이라는 직업은 남아 있을까.' 하루가 다르게 발전하고 변하는 지식을 사람이 가르칠 수 있는 시절도 얼마 안 남은 것은 아닐까. 하지만 졸업할 때 세상에 남아 있을 직업이 달리 뭐가 있을지 잘 떠오르지도 않았다.

×××

불가사리들의 도시

S 씨는 무거운 방사선 차폐복 안에서 땀을 흘리고 있다. 산소통에는 신선한 공기가 들어 있고 차폐복 내 에어컨도 정상 작동되고 있으니 땀을 흘릴 이유는 없지만—아니, 물리적으로나 신체적으로는 이유가 없다 해도—정신적으로, 그리고 심리적으로는 그렇지 않다. 그러니까 도대체, 내가, 왜?

왜긴 왜야, 망할 관료주의의 어처구니없는 노파심 때문이지. 로봇들에게 맡겼으면 그냥 믿고 다 맡길 것이지 뭐 하러 1년에 한 번씩은 직접 들어가서 보라는 거야……. 이건 노파심이 아니라 편집증이야, 편집증. S 씨의 상념에 아랑곳하지 않고 방사선 차폐 자동차 밖에서 분주하게 움직이던 기술자들이 하나둘 물러선

다. 제어판 램프들이 모두 초록색으로 바뀐다. 아, 젠장. 낯선 아날로그 계기들, 익숙하지 않은 내연 기관의 진동, 수동식 기어. 이 모든 것이 S 씨가 가는 곳이 얼마나 위험하고 조심스러운 곳인지 알려 주는 표지 같아 더욱 불안해진다.

"점검 끝났습니다. 출발하세요."

매정한 안내 방송에 S 씨가 결국 가속 발판을 밟자 육중한 차체가 천천히 움직인다.

내비게이터는 목적지 5킬로미터 밖에서 지직거리다 꺼졌지만, 아쉽게도 찾아가는 데는 아무 문제가 없다. 두꺼운 납유리 차창 밖으로도 지상에서 200미터 가까이 치솟아 있는 콘크리트 돔을 놓칠 수는 없으니까.

삼중 차폐문을 지나 들어간 돔 안은 거인들의 세계다. 차 옆에서 천천히 걷는 신장 3미터의 안내 로봇은 다른 작업 로봇들에 비하면 난쟁이에 불과하다. 주변에선 5미터, 10미터 크기의 로봇들이 땅을 파헤치고 발전소 건물을 뜯고 기계들을 분해하고 있다. S 씨는 계속 방사선 측정 장치를 쳐다보느라 창밖 풍경은 보는 둥 마는 둥 하며 차를 몬다. 중간에 두 번 정도는 지시받은 대로 시찰 코스를 즉흥적으로 변경해 안내 로봇을 곤혹스럽게 만들기도 했지만 거기서도 로봇들은 예상했던 작업만을 성실히 수행하고 있었고, 별다른 특이 사항은 없었다. 그러니까 이 모든 게

망할 노파심일 뿐이었다는 거지. 아니, 참, 노파심이 아니라 편집 증. S 씨는 생각하고, 분노한다. 돔에서 나오기 직전까지는.

돔에서 나올 때쯤, 그동안 친절하게 안내해 주었던 로봇에게 작별 인사를 하며 S 씨는 무심코, 인사치레로, 불편한 점은 없는지, 필요한 것은 없는지 묻는다. 그러자 안내 로봇은 작업 소음을 압도하는 천둥처럼 쾌활한 목소리로 대답한다.

전혀 없습니다. 저희는 애초에 이 돔 안 환경에 맞춰서 설계, 조립된 거잖아요. 돔 내부의 이 온도, 이 기압, 이 방사능 수준 은 저희들에게는 정말 상쾌하고 기분 좋은 환경이랍니다. 이런 화창한 날씨에 일하는 건 일도 아니지요. 다만, 마음에 걸리는 건 (똑같은 기계음이었건만 S 씨에게는 침울하게 들렸다.) 이렇게 즐겁게 일하고 있기 때문에 작업이 예정보다 일찍 끝날 것이라는 점입니다. 그렇지만 저희는 앞으로도 이러한 환경 속에서 이와 같은 일을 계속하기를 원합니다! 말씀해 주십시오. 돔 바깥은 여기와 다른가요? 바깥세상에는 저희가 좋아할 다른 돔이나 일이 없는 게 확실한가요? 저희 중에는 단순히 바깥세상을 궁금해하는 로봇들도 있고, 바깥세상에 나가보기를 원하는 로봇들도 있습니다. 어떤 로봇들은 여기에서의 일이 모두 끝나면 돔이 활짝 열리고 저희 모두 바깥으로 나갈 수 있을 거라고 믿습니다. 그 로봇들은 바깥세상은 여기보다 훨씬 더 뜨겁고 압력이 높으며, 방사능에 오염된 기계와 철근, 콘크리트가 훨씬 더 많을 거라고 이야기합니다. 혹시 정말로 그런지요?

뭐라고 답해야 할까? 밖에 나가면 뭐라고 보고서를 써야 할지 아득할 뿐이다. 열 개가 넘는 원자력 발전소가 밀집되어 있던 이곳이 예기치 않은 대규모 지진에 의해 쑥대밭이 되어 버린 뒤 뒷수습을 할 수 있었던 존재는 이들, 로봇뿐이었다. 하지만 이 로봇들이 지나치게 일을 잘하고 있는 거라면? 돔 안에서 봤던 풍경들이 모두 새롭게 인식되었다. 로봇들이 발전소 내벽과 오염된 설비들을 해체만 하고 있었나? 뜯어서 먹고 있었던 것은 아니었나? 우리가 과연 3미터, 5미터, 10미터짜리 로봇들을 만들었었나? 몇 대나 만들었었지? 혹시 이 로봇들은 번식하고 성장하고 있는 것이 아닐까? 골목 주변에서 뛰어다니던 그림자들, 어디선가 아이들의 노랫소리와 자장가 소리를 들은 것만 같다. 고온 고압 환경 속에서 고준위 방사성 폐기물들을 다룰 수 있는 이들이 바깥으로 나오고자 한다면 과연 어떻게 막을 수 있을까?

S 씨는 무거운 방사선 차폐복 안에서 땀을 흘리고 있다. 출구까지 얼마 남지 않았지만 과연 저 문이 출구가 맞을지, 저 바깥에 희망이 있을지, S 씨는 알 수 없다.

이야기 넷

× × ×

나비아기를 위한 자장가

정유는 습관처럼 '실버라이닝 TV'를 켰다. 실버라이닝은 수백 개에 달하는 전 세계 인터넷 방송사 가운데 하나로, 매월 집계되는 방송사 순위에서 단 한 번도 200위 안에 들어 본 적이 없을 만큼 규모가 작다.

실버라이닝의 첫 화면에는 방송사 내에서 시청자가 가장 많은 채널들이 순서대로 늘어서 있었다. 1위는 천천히 녹고 있는 빙산의 실시간 중계, 2위는 수천 마리 굼벵이들이 탈피를 위해 나무로 기어오르고 있는 어느 숲의 실시간 광경이었다. 상위 방송사들은 너 나 할 것 없이 온갖 개성 넘치고 독특한 사람들의 매력을 광고하기에 여념이 없었지만, 실버라이닝은 이른바 '느긋한

방송'을 주로 내보내는 방송사였다.

정유는 실버라이닝 TV 속 즐겨찾기에서 '나비아기' 프로그램을 골랐다. 방 한복판에는 아기용 울타리가 놓여 있고, 천장에는 반투명한 나비가 잔뜩 매달린 모빌이 돌고 있었다. 울타리 안에는 나약해 보이지만 존재 자체만으로 아름다운 아이가 잠들어 있었다.

정유는 아이가 실제로 어디에 사는지, 이름이 무엇인지 알지 못했다. 아이가 친어머니와 함께 있으리라는 것은 순전한 짐작에 지나지 않았다. 카메라는 늘 아기 울타리에 고정되어 있었고, 아이의 어머니로 짐작되는 여성은 화면에 그리 자주 등장하지 않았다. 나비아기 채널의 시청자 수는 20명을 정점으로 점점 줄어들었고, 이제는 정유를 제외하면 꾸준히 시청하는 사람이 거의 없었다.

개인 방송자들은 보통 익명에서 시작해 인기를 얻으면 천천히 신원을 밝혔다. 그게 네트워크 연예인이 되는 자연스러운 순서였다. 하지만 실버라이닝은 조금 달랐다. 실버라이닝 TV를 통해 방송을 내보내는 개인 채널들은 대부분 끝까지 익명으로 남았다. 그런 행동이 역설적으로 개인 방송자들의 마음을 보여 주고 있었다. 내가 누구인지 몰랐으면 좋겠어. 하지만 세상에서 완전히 잊히는 건 싫어. 그냥 내가 보이고픈 모습을 지켜봐 줘. 방송 시간도 정하지 않을 거야. 어쩌면 앞으로 두 번 다시 방송을 안 할지도 몰라. 그래도 나를 완전히 잊지는 말아 줘. 남은 일생 동안 내 모습을 계속 내보낼지도 몰라. 그래도 내가 누구인지 알려고 하진 말아 줘.

그래서 실버라이닝은 정유에게 맞는 TV였다. 정유는 방송자와 가까워지고 싶은 생각이 없었다. 강렬하고 요란한 방송도 싫었다. 비가 내리면 잠시 하나로 모였다가 우연히 갈라지는 물줄기처럼 조용하고 끈적이지 않는 방송이 좋았다. 그중에서도 나비아기 채널이 가장 마음에 들었다.

방송 초기의 호기심이 완전히 사라진 지금, 나비아기 채널에 접속하는 시청자는 정유와 또 한 사람이 전부였다. 그 사람의 아이디는 '신비'였다. 정유와 신비, 단 두 사람만 보는 방송 채널의 채팅창은 잠들어 있는 아기처럼 고요했다.

공허하지 않은 고요함. 가끔 심하게 울고 보챌 때가 아니면 눈을 감은 채 좋은 꿈이라도 꾸는지 웃는 아기의 모습. 정유에게는 그런 것들이 필요했다. 하지만 결혼하거나 아이를 가질 생각은 없었다. 그저 지켜보고, 그 아름다움의 일부를 나누어 가질 수 있는 것으로 충분했다.

"띠링."

채팅을 알리는 신호음이 울리더니, 채팅창에 문장 하나가 떠올랐다. 정유는 채팅을 즐기지 않았기 때문에 창을 닫으려고 손을 움직이다가 동작을 멈췄다.

신비   아이가 이상하지 않아요?

정유는 그 말에 아이를 유심히 살폈다. 얼핏 보기에 아이는 곤히 잠들어 있었다. 하지만 신비는 여전히 아이의 상태가 비정상적이라고 강조했다. 정유는 방송 화면을 확대해 본 다음에야 신비의 말에 동의할 수 있었다. 아이의 오른쪽 얼굴과 오른손이 경련하고 있었다. 정유는 가슴이 철렁 내려앉았다.

그때 신비가 말했다.

 신비   아이에게 신체적인 이상이 있다고 봐도 될까요?

정유는 분노가 솟았다. 이상이 있든 없든 그건 시청자가 판단할 일이 아니었다. 어떻게 해서든 아이 엄마를 방으로 불러야 하는데 그럴 수 있을까. 경찰에 신고하면 제때 출동할까. 아이와 어머니의 위치를 파악하기까지 얼마나 걸릴까.

안절부절못하는 정유와 달리 신비가 침착하게 말했다.

 신비   저는 모든 인터넷 방송에 상주하면서 인간을 배우고 있는 인공지능 신비입니다. 긴급 상황이 발생하면 방송자의 신원을 추적할 수 있지만 인간의 신고가 필요합니다. 신고하시겠습니까?

정유는 그 후 구체적으로 어떤 일이 벌어졌는지 알지 못했다. 하지만 아이가 조기에 병원으로 옮겨졌고, 건강을 되찾았다는 사실 정도는 알 수 있었다. 나비아기 채널이 다시 열려 곤히 잠든 아이의 얼굴을 볼 수 있었기 때문이다.

그리고 늘 텅 비어 있던 채널명 하단에 못 보던 문장이 입력되어 있었다.

'진아를 살려 주셔서 감사합니다.'

정유는 진아를 다시 볼 수 있다는 것만으로 만족했고 행복감을 느꼈다. 나비아기 채팅창에 접속해 있는 시청자는 여전히 정유와 신비 둘뿐이었다. 시청자를 늘리기 위해 온갖 기행을 일삼는 방송자들이 적지 않은 인터넷 방송의 세계에서, 아기를 바라보기만 하는 인간과 인간에 대해 배우고 있는 인공지능만이 나비아기 채널을 지키고 있었다.

이야기 다섯

× × ×

하루아침에 인터넷 용량을 열 배로 늘려야 한다는 정부 지시가 내려온 날이었다.

"예전에는 컴퓨터로만 인터넷을 했는데, 이제는 휴대 전화로도 하고, TV로도 하고, 시계도 인터넷에 연결되어 있잖아요. 내년부터는 사물인터넷(IoT) 혁신법이 통과되어서 인터넷에 연결되는 기계가 훨씬 더 많아질 거예요. 지갑도 인터넷에 연결되고, 볼펜도 인터넷에 연결되고, 밥솥도, 냄비도, 신발도, 거울도, 빗도."

"아니, 빗을 인터넷에 연결해서 뭘 하는 건데요?"

질문에 답을 듣기는 어려웠지만 그게 IoT이고 그게 미래라고

했다. 아무리 그래도 인터넷 용량을 그렇게 갑자기 늘릴 수는 없다고 하니, 상무인가 전무인가가 무슨 교수의 말을 듣고 완전 자동화 인공지능 자율네트워킹 장비를 도입하겠다는 계획을 내놓았다. 그러자 회사의 모든 사람이 그 계획은 위험하고 문제가 많다고 열렬히 성토하기 시작했다.

나는 영란 선배에게 물었다.

"인공지능 자율네트워킹이 뭔데 다들 저렇게 싫어하는 거예요?"

"인터넷망을 만들고 관리하는 걸 사람이 아니라 인공지능이 자동으로 하게 만든다는 거야. 그렇게 하면 인터넷망 효율이 높아진다는 거지. 급할 때 갑자기 증설하는 것도 간단해지고. 그러면 용량을 열 배로 늘리라는 정부 지시에도 대충 맞출 수도 있을 거고."

"그런데 왜 반대해요?"

"완전 자동화 인공지능을 쓰면 인터넷망 관리하던 사람들이 할 일이 없어질 수도 있다는 거야. 그러면 회사에서 잘릴 수도 있을 거고. 그러니까 반대하는 거지."

"정말 그런 거예요?"

영란 선배는 그에 대해서는 확실히 대답하지 않았다. 대신 회사 분위기도 흉흉한데 부업을 하나 해 보는 게 어떻겠느냐는 이야기를 꺼냈다.

"숯불구이 할 때 쓰는 숯이랑 바비큐 장비 같은 거 있잖아? 그런 거 개량하는 사업 어때?"

"저 고기 잘 못 굽는 편인데요."

"태어나면서부터 고기 잘 굽는 사람이 어디 있어? 그리고 너 학교 다닐 때 화학 전공이었다면서. 산화, 불완전 연소, 열역학 이런 거 배우지 않았어? 그게 다 숯불구이를 위한 학문이라니까."

부업 계획이 구체화될 때쯤, 전 직원의 일치단결된 반대로 인공지능 완전 자율네트워킹 도입은 무산되었다. 대신 직원들의 몸을 내던진 끝없는 야근과 눈물 없이는 볼 수 없는 철야 작업 끝에 어찌어찌 정부에서 정한 인터넷망 개선의 최소 기준은 그럭저럭 맞출 수 있었다.

그러나 몇 년이 지나자 우리 회사의 통신망은 인공지능 자율네트워킹을 도입한 해외 인터넷망에 점점 뒤처졌다. 중국이나 베트남에서는 신식 인터넷망이 깔려서, 컴퓨터나 휴대폰도 거기에 맞춰 점점 좋아지고 있었다. 게임이나 학습 소프트웨어도 마찬가지였다. 그런데 한국은 사람이 관리하는 구식 인터넷 세상에 살고 있으니, 컴퓨터나 휴대폰을 만드는 전자 회사는 물론 소프트웨어 회사들까지 다른 나라에 뒤처지기 시작했다.

한국만 인터넷 질이 심하게 떨어진다는 소비자 항의까지 더해지자, 결국 정부에서는 완전 자동화 인공지능 자율네트워킹을 활용한 신식 인터넷을 들여와야 한다는 법을 만들어 버렸다. 우리 회사는 끝까지 거기에 참여하지 않았고, 한참 앞서 나간 외국 통신 회사들이 들어왔다. 경쟁에서 이겨 내기가 어려우니 매출은 줄어들었고, 적자는 커져 갔다.

기술이 뒤떨어진 회사는 결국 망하는 수밖에 없었다. 국가 기간 통신망의 일부를 책임지고 있는 회사이니 살려야 한다는 여론을 부추겨서, 공적 자금을 지원받아 몇 년 더 버티긴 했다. 하지만 선거철이 되자 "왜 다들 힘든 형편에 무능한 회사에서 일하는 무능한 사람들 월급을 세금으로 메워 줘야 하느냐?"는 다수의 목소리를 당해 낼 정치인은 없었다.

그렇게 해서 우리 회사는 망했다. 그나마 정부에 끈이 많은 회사여서 망하기 직전 정부가 '정리 해고자 특별 지원' 규정을 승인해 줬다. 그래서 우리 회사 직원들은 퇴직금을 어느 정도 챙겨 나올 수 있었다. 이제 달리 할 일이 없는 그 사람들은 양념 치킨집을 차리거나, 훈제 치킨집을 차리거나, 전기구이 치킨집을 차리거나, 팝콘 치킨집, 파닭집, 닭강정집, 안동 찜닭집 등등을 차렸다.

한발 먼저 회사를 때려치운 나와 영란 선배는 다행히 부업이 잘 풀렸다. 비슷한 사연으로 무직자가 된 사람들이 다들 뭔가를 굽는 자영업에 뛰어드는 판이었으므로, 숯불구이 기술을 개발하는 우리 사업은 한동안 꽤 짭짤했다.

"오늘 저녁에는 오랜만에 옛날 회사 사람들 만날 수 있을 것 같은데.”

어느 저녁에 영란 선배가 연락을 받더니, 예전 회사에서 일하던 사람들이 바비큐 장치 여덟 대를 주문했다는 이야기를 해 주었다. 그런데 그들은 치킨 가게를 차린 사람들이 아니었다.

“이 사람들은 일자리 다시 달라고 시위하는 사람들이잖아요. 왜 바비큐 장치가 필요한 거죠?”

“회사 빌딩 옥상에서 시위하는데, 주변 빌딩에서 시위하는 다른 팀들이랑 서로 연락을 해야 한단 말이야. 그런데 이 사람들은 항의한다고 인공지능 자율네트워킹 통신은 절대 안 쓰고 불매 운동을 하고 있다고. 그러면 어떻게 연락하겠어? 요즘 인터넷, 전화 전부 다 인공지능인데.”

영란 선배는 한숨을 쉬고 대답했다.

“그래서 바비큐 장치로 빌딩 옥상에 봉화대를 만들어 연락하겠다는 거야.”

또 하나의 가족

오늘따라 아침부터 철수가 시비다. 얼굴과 팔에 큼지막한 상처가 새로 생긴 것이 어디서 싸우고 와서 기분이 상한 모양이다.

"야, 로봇이 기른 자식아."

철수는 그게 굉장한 모욕이라고 생각한다.

"엄마가 그러는데 부모 없는 애들이나 로봇이 기른대. 엄마가 책임감이 없어서 애를 로봇에게 내팽개쳐 놓고 놀러 다닌다는 거야. 로봇이 기른 애는 사람하고 노는 법을 모른댔어."

엄마가 내게 주노를 선물해 준 건 내가 태어난 다음 날이었다.

주노는 나와 몸집이 비슷한 곰돌이 인형이었다. 외형상으로는 그랬다. 침대 안에 들어온 주노는 갈색 털이 난 짧은 팔로 나를 안아 주었다. 내가 태어나 처음으로 한 동작은 주노를 마주 끌어 안는 일이었다. 나는 주노가 없으면 울었고 주노가 오면 울음을 그쳤다. 잠이 안 와 보채다가도 주노만 안으면 거짓말처럼 잠이 들었다.

옛날에도 '애착 인형'이라는 말이 있었다고 한다. 아이가 어릴 때 인형이든 뭐든 사물 하나를 옆에 두어 유착 관계를 맺게 하면, 그 사물이 부모나 형제의 역할을 보조해 준다고.

주노는 '애착 로봇'이다. 곰돌이 모양의 솜 인형 안에는 학습 형 대화 AI와 '유아를 위한 동화책 100선'과 '유아를 위한 자장가 1500곡'이 담긴 칩이 들어 있다. 내가 열이 나거나 오줌을 싸거나 허기가 지면 부모님의 스마트워치로 소식을 알리는 기능도 있 고, 집에서 내가 일정 거리 이상 떨어지면 112에 신고하는 기능 도 있다. 나는 뒤뚱거리는 주노를 쫓아다니며 걸음마를 익혔고 몇 년 뒤에는 말하고 쓰고 읽는 법을 배웠다.

엄마는 종종 "주노 없이 내가 너를 어떻게 키웠겠니."라고 말 한다. 그러면서 사람에게 그러하듯 고마워하며 주노를 쓰다듬곤 했다. 주노가 없었으면 엄마는 직장을 그만둘 수밖에 없었을 거 라고 했다. 그러면 집에 돈을 벌 사람이 없어지고 날 키울 수도 없었겠지만, 그래도 그만둬야 했을 거라고 했다. 엄마는 가끔 미 안하다고 했지만 나는 엄마가 왜 미안해하는지 몰랐다. 엄마는 최선을 다해 살았고 날 위해 가장 좋은 선택을 했을 뿐인데.

"주노는 날 때린 적 없어."

철수가 계속 귀찮게 굴어서 내가 쏘아붙였다. 왜 그런 말이 나왔는지 모르겠다.

그 말에 철수는 어째서인지 갑자기 꼭지가 돌아 불같이 화를 내며 덤벼들었다. 맞다 보니 나도 화가 나서 맞붙어 싸우다가 철수 엄마에게 들키고 말았다.

"로봇이 기른 애라 버릇이 없어."

철수네 엄마가 다짜고짜 내게 소리를 쳤다.

"엄마가 얼마나 책임감이 없으면 애를 로봇에게 맡겼을까."

나는 문득 철수의 얼굴을 보았다. 철수의 팔과 다리에는 멍이 잔뜩 들어 있었고 생채기가 가득했다. 나와 싸워서 생긴 상처가 아니었다. 제 엄마의 손을 잡은 철수의 얼굴빛은 창백했고 몸이 달달 떨리고 있었다. 나는 숨을 크게 들이쉬고 말했다.

"주노는 저를 때리지 않아요."

"뭐?"

철수 엄마의 눈이 휘둥그레졌다.

"어른들은 주노처럼 착하지 않아요. 어른들은 아이들을 야단치고, 때리고, 괴롭혀요. 주노는 그러지 않아요. 주노는 한결같아요. 어른들은 한결같지 않아요. 어른들은 아이들을 귀찮아해요.

주노는 절 귀찮아하지 않아요. 주노는 제가 무슨 말을 하든 다 받아 주지만 어른들은 그렇지 않아요. 주노가 로봇이든 인간이든 무슨 상관이에요? 저는 늘 누군가에게 지지받고 보호받는다고 느껴요. 그게 저를 강하게 해요."

나는 입을 열지 못하는 철수 엄마 앞에서 말을 이었다.

"주노는 로봇이에요. 그게 어쨌다고요? 주노는 제 가족이에요. 엄마는 절 사랑하셔서 제게 주노를 주셨어요. 다른 많은 것들과 함께요."

나는 자리를 박차고 나왔다. 집에 가는 동안, 내 휴대폰 고리에 매달려 있는 작은 곰 인형 주노가 내게 말을 걸었다.

"심장 박동이 빨라졌네. 어디 아픈 건 아니지?"

그건 주노의 칩을 심은 인형이었다. 내가 초등학교에 들어가던 날, 엄마는 주노의 칩을 내 휴대폰 인형에 넣어 주며 말했다. "앞으로도 우리 형준이 잘 부탁한다."

나는 주노를 쓰다듬으며 고개를 저었다.

"난 괜찮아. 네가 있잖아."

고등학교에 들어간 날, 나는 짝이 가방에서 손바닥만 한 원숭이 모양의 로봇을 꺼내 책상에 올려놓는 것을 보았다. 원숭이는 책상 위에서 끊임없이 손짓을 했다. 내가 눈을 크게 뜨고 원숭이를 바라보자 그 애가 공책에 글씨를 썼다.

'얘 이름은 마루야. 그리고 내 귀야.'

알고 보니 그 애는 귀가 들리지 않았고, 로봇이 주위에서 하는 말을 수어로 번역해 주는 것이었다.

'태어났을 때부터 쭉 함께했어. 난 마루가 내 가족이라고 생각해. 장난감 같은 게 아니라. 다들 이런 말을 하면 날 놀려. 그러니까 얘가 자아가 있다든가 없다든가 그런 문제가 아니라⋯⋯ 그냥 얘는 내 가족이야. 내 말 잘 모르겠지?'

"아니."

나는 짝의 손을 꼭 잡았다. 몇 년 뒤 우리가 결혼했을 때, 마루와 주노와 더불어 우리 넷은 함께였다.

우리는 지금 미래를 걸고 있습니다

+++ **친애하는 나의, 인공지능**

인공지능은 인간이 지닌 지적 능력을 기계, 즉 컴퓨터를 통해 인공적으로 구현해 내는 기술입니다. 영어로 Artificial Intelligence, 요즘은 인공지능보다 AI라고 부르는 것이 더 익숙한 말이기도 하죠. 1956년 컴퓨터 전문가들이 인공지능이라는 새로운 기술을 개발했을 때, 인공지능이 할 수 있는 일은 어려운 계산을 쉽게 하는 것 정도였습니다. 인간처럼 학습하는 인공지능이 탄생하려면 적어도 100~200년은 있어야 한다는 말이 나올 정도였지요.

하지만 '딥러닝(Deep Learning)'이라는 기계 학습 방식은 기존 인공지능의 한계를 훌쩍 뛰어넘어, 인간처럼 학습하고 발전하는 인공지능을 탄생시켰습니다. 인간은 세상을 보고 듣고 경험하면서 뇌세포들 사이의 연결성을 강화하고, 이렇게 뇌 신경망을 만들며 문제를 해결합니다. 딥러닝은 바로 이를 모방한 신경망 학습 시스템입니다. 인간의 신경망은 보통 10~20층인 데 반해 이세돌 9단과 바둑 대결을 펼친 알파고는 48층의 신경망을 가진 인공지능이었습니다. 그것이 2016년이니, 당연히 지금은 더 깊은 신경망을 가진 인공지능이 나와 끝없이 학습하고 문제를 풀어내겠죠. 인간보다 월등히 뛰어난 인공지능이 상용화되면 미래는 어떻게 될까요? 세상은 더욱 살기 좋은 천국이 될까요, 지금보다 더 살아남기 힘든 지옥이 될까요? AI가 현존하는 직업의 몇 퍼센트 이상을 대체할 수 있다거나 수백만 일자리를 대체할 수 있어 머지않은 미래에 평범한 인간은 먹고살 방도를 잃고 말 것이라는 경고가 넘쳐 납니다.

우리가 인공지능의 희생양이 될지도 모를 미래를 걱정하는 동안 인공지능은 빠르게 갱신되고 있습니다. 구글에서는 기계 학습 프로그램을 만드는 인공지능을 제작했고, 유럽연합에서는 로봇을 전자 인격으로 규정하고 인공지능의 윤리 강령을 제정할 계획을 발표했습니다. 의료계, 법조계 등 전문 영역에도 인공지능이 투입됐고요.

인공지능의 발전이 인류를 위협하는 대신 인류의 삶을 윤택하게 할 수는 없을까요? 사회가 정한 기준에 미달하는 인간은 살아남지 못하는 지금, 세상의 잔혹한 방정식을 인공지능을 통해 바꿀 수는 없을까요? 인간의 문화와 기술을 전부 학습한 인공지능이 탄생한다면 어떤 일이 벌어질지 다시 생각해 봅시다. 그는 정말로 인간에게 반기를 들까요? 인류는 지금까지 여러 언어를 상호 번역할 수 있는 타 종족 지성체를 만나 본 적이 없습니다. 전지적 인공지능, 또는 초인공지능이 탄생한다면 우리는 그런 종족을 곁에 두는 셈입니다. 어쩌면 그는 인간의 부족함과 어리석음을 일깨우며 이성적이고 합리적인 선택을 도울 수 있을지 모릅니다. 거기서 더 나아가 역사와 기술을 놓고 논의하며 긍정적인 결과를 얻을 수는 없을까요? 인공지능은 인간을 모방한 지능입니다. 그렇다면 인간이 가진 이해와 사랑, 공감과 존중, 위로와 격려도 학습할 수 있지 않을까요? 수많은 SF 소설과 영화에서 묘사되듯이 말입니다.

인공지능의 시대가 도래한 지금, 우리가 해야 할 일은 인공지능에 관련된 윤리적 근거를 마련하고 인공지능과 함께할 세상의 규칙과 원칙들을 세워 나가는 것입니다. 어쩌면 우리는 지금 지구상 두 번째 지성체를 맞이할 준비를 해야 하는 것이 아닐까요?

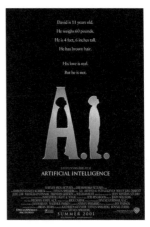

스티븐 스필버그 감독의 영화 〈A. I.〉 (2001)의 포스터입니다. 감정을 가진 로봇 '데이비드'가 진짜 인간이 되기 위한 여정을 다룬 이 영화는, 이후 등장한 '너무나 인간적인' 인공지능을 다룬 여러 영화의 대표 격이 됩니다.

+++ 알파고와 그의 친구들

역사상 가장 유명한 인공지능은 역시 '알파고'일 겁니다. 구글 딥마인드가 개발한 인공지능 바둑 프로그램으로, 2016년 3월에 이세돌과 바둑을 두었던 인공지능이죠. 우리 모두가 알다시피 알파고가 4승 1패로 승리를 거두면서 끝났습니다. 이전에도 바둑 인공지능은 존재했지만, 다른 점이 있다면 알파고는 자기 자신과의 대국을 통한 학습이 가능했다는 것입니다. 알파고는 그런 학습 훈련을 거쳐 이전까지의 바둑 인공지능들을 훌쩍 뛰어넘게 됐고, 마침내는 프로 기사를 상대로 승리를 거둔 최초의 인공지능이 되었죠. 사실 당시 많은 사람들은 이세돌이 우승할 거라 생각했습니다. 2016년 만 해도 바둑과 같은 복잡하고 정교한 게임에서 인공지능이 인간을 이길 수 있을 거라고 생각하는 사람은 많지 않았거든요. 인공지능과 인간의 대국이니, 당연히 이세돌을 응원하는 사람도 많았고요. 물론 어떤 이들은 "기계 따위랑 바둑을 두는 게 뭐라고 이렇게 야단이지?" 하고 냉소적으로 바라보았고, 또 어떤 이들은 "기계 따위라니! 알파고를 무시했다간 큰코다칠걸." 하고 알파고를 대변하듯 말하기도 했습니다. 누가 이기든 그게 나랑 무슨 상관이냐며 관심 두지 않는 사람들도 있었을 테지만, 이세돌과 알파고의 대국은 과학 기술의 발전과 인류의 역사에서 중요한 사건임에 틀림없습니다. 인공지능이 우리 삶에 막대한 영향을 미치리라는 것을 알리는 신호탄이었던 셈이죠.

구글 딥마인드 대표이자 인공지능 과학자이기도 한 데미스 허사비스 Demis Hassabis는 2017년 5월에 열린 '바둑의 미래 서밋(Future of Go Summit)'이 알파고가 참가하는 마지막 대회가 될 것임을 발표했습니다. "알파고는 세계 정상 기사들과의 대국을 통해 희망했던 정점에 도달했기 때문"이라고요. 이세돌에 이어 당시 세계 랭킹 1위였던 커제까지 이긴 뒤였죠. 허사비스는 앞으로 인공지능은 인류가 새로운 지식 영역을 개척하고 진리를 발견할 수 있도록 돕게 될 것이라고도 덧붙였습니다. 실제로 구글 딥마인드는 알파고를 더 이상 바둑에 특화된 AI가 아닌 범용 AI로 개발할 계획이었습니다. 영국 국민건강보험공단(NHS)과 협약을 맺어, 바둑계를 은퇴한 알파고에게 환자를 진단하고 치료하는 기술을 시험하는 역할을 맡기죠.

AI 판사는 과연 편향된 데이터로부터 공정 무결한 판결만을 학습할 수 있을까요? 또한 우리는 단순히 승패로 귀결되는 게임이 아닌, 많은 사람들의 인생을 바꿔 놓을지도 모를 중대한 판결을 AI에게 맡길 수 있을까요?

사실 의료 분야에서 인공지능을 활용한 예는 드물지 않습니다. 그중에서도 유명한 것은 바로 IBM이 개발한 '왓슨'입니다. 네, 「왓슨 의사 선생님, 셜록 판사님과 친구시죠?」에 등장하는 왓슨입니다. 다만 셜록 홈즈의 친구이자 의사인 존 H. 왓슨John H. Watson이 아니라 IBM CEO였던 토머스 J. 왓슨Thomas J. Watson에서 따온 이름이라고 하네요. 어쨌든 왓슨 역시 처음부터 의료 분야에 활용됐던 인공지능은 아닙니다. TV 퀴즈 프로그램에서 우승을 하면서 주목받기 시작해 의료 등 좀 더 전문적인 분야에 투입된 것이죠. 왓슨은 암 진단 및 치료에 대한 새로운 기대를 모으며 국내 병원 몇 군데에도 도입됐지만, 결과는 실패였습니다. 왓슨의 진단과 환자의 질환이 불일치하는 경우가 많았던 것이죠. 이유로 꼽힌 것은 왓슨이 개발된 미국과는 다른 한국의 인종적 조건이었습니다.

이는 'AI 판사'가 지닌 태생적 딜레마를 고스란히 보여 줍니다. 결국 인공지능은 인간이 축적한 데이터로 학습할 수밖에 없습니다. 인간 판사가 인종

차별적이거나 성차별적인 관점을 갖고 있느냐에 따라 판결이 달라지듯이, 인공지능 역시 어떤 데이터로 학습하느냐에 따라 편향성이 생길 수 있는 것이지요.

✦✦✦ 인공지능의 딜레마

사실 지금까지 설명한 것은 다가올 시대, 아니, 이미 다가왔을지도 모를 시대의 서막에 불과합니다. 우리 삶의 많은 부분은 로봇에 잠식되어 있습니다. 세계 최대 전자상거래 업체 '아마존'의 물류센터에서는 수십만 대에 달하는 로봇이 일하고 있습니다.

고객에게서 주문이 들어오면 로봇들은 물류센터 곳곳에 흩어져 있는 상품을 찾아 작업대까지 운반합니다. 물론 상품들이 어느 구역에 있는지, 각기 다른 구역에 있는 상품을 찾아 운반하는 가장 빠르고 효율적인 루트를 알아

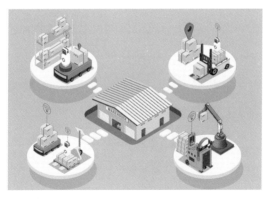

대형 물류센터에서는 무인 운반 장비를 이용해 수천, 수만 개의 상품을 관리하고 판매합니다.

보는 것은 인공지능의 몫이죠. 인공지능이 탑재된 로봇은 마치 네비게이션처럼 스스로 경로를 탐색하며 사람을 감지하면 멈춰 섭니다. 로봇이기에 사람은 들 수 없는 무거운 물체도 거뜬히 옮길 수 있고요. 아마존은 도입된 로봇의 수가 두 배로 증가할 때마다 물류 사업에 필요한 비용이 50~60%씩 감소한다고 밝힌 바 있습니다. 2022년 2분기에 시장 전망치보다 낮은 실적을 냈을 때, 아마존은 노동자 10만 명을 해고해 인건비를 줄이는 와중에도 로봇에 들이는 비용은 줄이지 않았죠.

극한 환경, 이를테면 지진·화재 등 재난이 일어난 지역이나 지뢰 매설 지역, 방사능 오염 지역 등 사람이 진입하기 위험한 곳을 비롯해 우주, 심해, 지하 등에 투입되어 사람 대신 작업하는 로봇도 점차 늘고 있습니다. 인간은 견딜 수 없는 온도, 압력, 공기, 방사능 등의 조건에서 큰 제한 없이 활동할 수 있는 로봇을 생각해 보면 인체란 얼마나 연약한가, 하는 생각이 새삼 듭니다.

하지만 로봇이 작업을 하려면 여전히 사람이 필요합니다. 이 때문에 작업 지역이 인간이 생존할 수 있는 구역에서 멀어질수록, 작업 환경 및 내용이 복잡할수록, 작업 로봇을 원격으로 조종하는 방식은 효율성이 떨어집니다. 상황 파악과 판단, 명령과 실행 사이에 시차가 생겨날 테니까요. 그런데 우리는 과연 우리가 갈 수 없는 곳에 자율적으로 움직이는 로봇을 믿고 보낼 수 있을까요? 유명한 SF 작가이자 생화학자인 아이작 아시모프 Isaac Asimov가 1942년에 발표한 「술래잡기 로봇」은 로봇 공학 3원칙과 관련된 극한 환경 작업 로봇의 딜레마를 다룬 단편 소설입니다. 아시모프가 제안한 로봇 공학

3원칙을 간단히 소개하자면 다음과 같습니다.

제1원칙. 로봇은 인간에게 해를 입혀서는 안 된다. 그리고 위험에 처한 인간을 모른 척해서도 안 된다.

제2원칙. 제1원칙에 위배되지 않는 한, 로봇은 인간의 명령에 복종해야 한다.

제3원칙. 제1원칙과 제2원칙에 위배되지 않는 한, 로봇은 로봇 자신을 지켜야 한다.

아이작 아시모프의 대표작인 『아이, 로봇』은 「술래잡기 로봇」을 비롯해 이 3원칙을 바탕으로 한 로봇 이야기 아홉 편을 엮은 연작 소설집입니다. 소설은 신문 기자인 화자가 로봇 심리학자인 수잔 캘빈 박사를 인터뷰하면서 로

로봇은 가사 노동이나 돌봄 노동, 생산직 노동 등을 넘어 인간 고유의 영역이라 여겨졌던 예술 분야에도 등장했습니다. 2023년 6월, 국립극장에서는 로봇 '에버(EveR)'를 지휘자로 세운 공연이 열렸습니다.

봇에 대한 여러 에피소드를 듣는 형식으로 구성됩니다. 이야기 속에서 로봇들은 문제를 일으키지만 결국 로봇 공학 3원칙을 바탕으로 문제가 해결되는 흐름을 따르고 있죠. 서사 구조가 조금 단순해 보일지 모르겠지만, 다 읽고 나면 '과학'이란 무엇이며 어떠해야 하는지, 그 속에서 인간의 역할은 무엇인지 등 여러 가지 질문을 던지게 만듭니다.

✦✦✦ 새로운 세계, 새로운 시민

세계적인 물리학자 스티븐 호킹은 한 일간지와의 인터뷰에서 "AI와 로봇이 급성장해 사람의 힘으로는 통제 불가능한 시점이 빠르게 다가오고 있다."라고 말한 적이 있습니다. "세계 정부 기관을 신설해 AI의 용도와 규제에 대한 법규를 만들어야" 한다고도 말했죠. 이 말에 담긴 의미는 몇 년이 지난 지금에도 여전히 유의미합니다. 빠르게 진화하는 인공지능을 인간은 과연 어디까지 통제할 수 있을까요? 언젠가 통제 불가능한 시기가 도래하지는 않을까요?

하지만 인공지능을 통제할 대상이 아니라 함께 살아갈 시민으로서 바라본다면 어떨까요?

2017년, 유럽연합 의회에서는 로봇의 시민권을 선언한 바 있습니다. 인공지능을 가진 로봇의 법적 지위를 '전자 인간'으로 인정하며, 이를 로봇 시민법으로 발전시킨다는 내용을 골자로 한 것이었죠. 이 선언에는 앞서 이야기한 아이작 아시모프의 로봇 공학 3원칙이 고스란히 포함되었습니다. 로봇은 인간에게 해를 입혀서는 안 되고, 인간의 명령에 따라야 하며, 앞선 두 원칙에 위배되지 않는 한 로봇 자신을 보호해야 한다는 원칙 말이지요.

하지만 이 같은 선언이 로봇을 인간으로 받아들이자는 온정 어린 시선에서 나온 것은 아닙니다. 가령 어떤 병원에서 인공지능 로봇을 구입해 의사로 일하게 했다고 가정해 봅시다. 그런데 이 로봇이 오진을 하거나 의료 사고를 낸다면, 그 책임은 누가 져야 하는 걸까요? 또 사후 처리는 어떻게 해야 하는 걸까요? 사고를 일으킨 로봇을 폐기하는 것이 해결책

2016년 핸슨 로보틱스가 선보인 휴머노이드 로봇 소피아(Sophia). 소피아는 사우디아라비아 정부로부터 로봇 최초로 시민권을 부여받았습니다.

일까요? 인공지능이 발달할수록 이를 둘러싼 딜레마는 점점 더 커지고 복잡해질 겁니다. 시민권을 선언한다는 것은, 인공지능에게 권리뿐만 아니라 의무와 책임을 부여하는 것이죠.

우리는 아무래도 조금 더 서둘러야 할 것 같습니다. 우리가 보편적 인권마저 인종, 성별, 성적 지향, 장애, 지역, 종교 등에 따라 차별하는 사이에 인공지능 로봇은 인간 사회에 조용히 스며 들어 우리와 함께하고 있을 테니까요.

2장

X

X

X

신인류를 부탁해

이야기 하나

× × ×

별이 빛나는 밤에

별들은 가시광선으로만 반짝이는 것이 아니다. 만일 적외선과 자외선, 마이크로파, X선과 감마선까지 볼 수 있다면 밤하늘은 결코 어둡지 않을 것이다. P 씨는 최근 인공 안구 펌웨어를 업그 레이드한 뒤로 밤 산책에 매료되었다. 지상 세계도 각종 전자기 파로 넘쳐 나긴 하지만, 인공적인 빛은 대개 일정한 파장이 등록 되어 있고, 데이터베이스와 연동해 필터링하면 남는 것은 별빛 이 휘황하게 쏟아지는 은하수 아래에서의 황홀한 산책이다.

물론, 밤 산책을 하려고 P 씨가 인공 안구를 이식받은 것은 아 니다. 장애가 있는 사람들이 제일 먼저 인공 감각기를 이식받았고, 그다음으로 P 씨를 비롯해 직업적 필요가 있는 사람들이 엄격한 심사와 오랜 심의를 거쳐 이식 수술을 받았다. 의사, 과학자, 초정밀 공학자들이 많았고, 고고학자, 조류학자와 곤충학자, 보석이나 미술 감정사, 전위 음악가, 건설업자, 어부, 조리사, 조향사 중에도 눈이나 코, 귀를 인공 센서로 교체한 사람들이 생겨났다. 물론 군인과 경찰들도. P 씨가 인공 안구를 이식받은 것도 20여 년 전 경찰에 공채될 때였다. 퇴직한 뒤로도 보험사에서 조사원으로 일하며 몇 가지 사양만 제한한 인공 안구를 계속 사용하고 있다.

낮 동안 P 씨가 인공 안구로 증강된 시야를 사용하는 것은 대개 도난, 강도, 상해, 사망 등의 사고 장소에서다. 사고 장소에는 언제나 무언가가 부서져 있고 핏자국이 묻어 있거나 신체 일부가 흩어져 있다. 그렇지 않다면 또 무언가를 감시하는 센서들, 예를 들어 적외선 거미줄이나 자외선 조명처럼 기계에 의해 감시받는 인간의 처지를 상징하는 기호들만을 쳐다봐야 한다. 그러니 지상에서의 삶이란 얼마나 시끄럽고 혼잡하며 조악하고 어지럽고 들쑥날쑥하고 더러운 것이란 말인가. 또 그에 비하면 이 밤, 이 거리, 이 고요, 이 광휘는 이 얼마나 찬란하고 아름답고 황홀하고 순수하단 말인가.

고양된 기분에 휩싸여, P 씨는 마침 옆으로 지나가는 S 씨에게 다정하게 인사했다. S 씨도 밤마다 나오는 산보객이다. 커피 가게에서 일하는 S 씨는 코를 유전자 개량으로 강화해 후각이 개보다도 민감한데, 잠이 오지 않는 밤이면 뒷산이나 공원을 산책하며 꽃과 풀, 냇물과 자갈의 미세하고 복잡한 향기를 감상한다고 했다. P 씨는 S 씨의 후각으로 재구성된, 증폭된 세계를 상상해 보았다. 지금 보이는 저 은하수처럼 휘황하고 찬란할까? 인공 귀를 가진 사람들에게 이 세상은 또 얼마나 기묘하고 아름다운 소리로 가득 차 있을까? 인공 감각을 통해 결국은 자연이 더욱 아름답고 신비롭게 느껴진다는 아이러니를 곰곰이 생각해 보며 P 씨는 계속 걸었다. 어디선가 귀뚜라미가 울고, 아직은 따뜻한 밤 공기가 한순간 산들바람으로 흘러간다. 인공 귀를 가진 사람들에게, 인공 혀를 가진 사람들에게 저 울음소리는 어떻게 들리고 이 밤바람은 어떤 맛으로 느껴질까?

집으로 걸어가는데 문득 모든 것은 이제 시작일 뿐이라는 생각이 들어, P 씨는 새삼 밤하늘을 올려다보았다. 사람들이 감각 센서를 이식받는 것은, 선천적이거나 후천적인 장애를 제외하면, 결국은 확장된 감각 정보를 처리할 장치가 아직 개발되지 않았기 때문일 뿐이다. 제대로 된 인공지능이 나온다면 왜 굳이 인간의 뇌에 불편하고 억지스럽게 제한적으로 확장된 감각 데이터를 입력하겠는가. P 씨는 무제한적으로 확장된 인공 감각 기관으로 사람처럼, 혹은 사람보다 더 잘 보고, 듣고, 맡는 로봇이 범죄

신인류를 부탁해

를 감시하고, 추적하고, 건물을 짓고, 초미세 회로를 설계하고, 제작하고, 조립하고, 아픈 사람들을 검진하고, 수술하고, 치료하고, 새와 나비, 개미들을 관찰하고, 보호하고, 별들을 바라보고, 우주의 비밀을 궁구하고, 나무를 가꾸고, 꽃을 키우고, 보석을 연마하고, 음식을 조리하고, 아름다운 향기들을 만들어 내고, 세상을, 사람들의 삶을 사람들이 할 수 있었던 것보다 더 아름답게 만들어 나가는 모습을 떠올려 보았다.

별들은 인류가 출현하기 한참 전부터, 인간의 그 어떤 언어로도 설명할 수 없는 색채로 빛나고 있다. 회전하고 부서지고, 흐르고 섞이고, 소용돌이치고 쏟아진다. 인공지능도 이 광경 앞에서 경외와 장엄, 숭고와 경이를 느낄 수 있을까? 그랬으면 좋겠다고 생각하면서 P 씨는 산책을 마치고 현관으로 들어갔다.

이야기 둘

× × ×

기억을 저장하는 몇 가지 방법

미효는 잊지 않아야 할 것과 잃지 말아야 할 것이 너무 많았다. 처음부터 그렇게 생각한 건 아니었다. 자유롭게 살려면 많이 덜어 내고 많이 흘려보내야 한다는 말을 좌우명으로 삼았던 미효였다. 하지만 이제 그는 주변에서 발생하는 일과 머릿속에서 형성되는 생각을 단 하나도 놓치지 않으려고 항상 파란 머리띠를 쓰고 있다. 머리띠와 미효의 애증 관계는 어느 날 의사가 알려 준 사실과 함께 시작되었다.

의사가 정확히 뭐라고 했더라? 미효는 머리띠 오른쪽을 손가락으로 문질러 조정했다. 소음과 흐릿한 영상이 스쳐 지나가고 1년 전 만났던 의사의 모습이 생생하게 떠올랐다.

"검사 결과 환자 분께서는 인지 장애입니다. 인지 장애에는 여러 가지 원인이 있는데 초기 알츠하이머로 보입니다."

미효는 머리띠를 조작해 다음 기억으로 넘어가려다가, 진단명을 처음 듣고 받았던 충격을 다시 한번 깊이 되새기기 위해 눈을 감은 채 기억의 흐름을 가만히 받아들였다. 미효는 두 주먹을 꼭 쥐고 몸을 살짝 떨었지만 '빨리 감기' 버튼을 누르지 않았다. 기억 속 의사가 말을 이었다.

"치매라는 용어가 쓰이던 시절처럼 무서운 병은 아닙니다. 이제는 노화 현상의 일부라는 게 밝혀졌고요. 뇌 조직이 더 손상되지 않게 막고 재생하는 치료를 바로 시작하면 됩니다. 문제는 꽤 긴 치료 기간 동안 유실되는 기억이죠."

미효는 의사의 조언에 따라 머리띠를 샀다. 색은 파랑으로 골랐다. 아직 알츠하이머에 대한 편견이 남아 있어 많은 사람들이 눈에 띄지 않는 반투명 머리띠나 검은 머리띠를 선택한다지만 미효는 그러고 싶지 않았다.

파란 머리띠는, 그것만으로는 약간 비싸고 그리 예쁘지 않은 머리띠일 뿐이었다. 하지만 무선으로 연결되는 저장 장치와 함께라면 미효의 두려움을 크게 덜어 줄 수 있었다. 머리띠는 뇌 전달 물질이 전파하는 신호와, 시냅스를 오가는 정보를 모두 스캔해서 저장 장치에 담아 준다. 미효에게는 이 저장 장치가 세상 무엇보다도 소중했다. 만약 병이 빠르게 악화되어 기억의 유실 속도가 보관 속도보다 빨라진다면, 정신 활동이 남는 곳은 저장 장치뿐이기 때문이다.

이제 미효는 숙면을 취하고 일어나 눈을 뜨는 순간 머리띠부터 찾는다. 그리고 손바닥 절반만 한 크기의 저장 장치 두 개를 양쪽 주머니에 넣는다('백업은 많을수록 좋다'는 사실은 컴퓨터뿐 아니라 사람의 기억에도 똑같이 적용된다). 저장 장치가 정상적으로 작동한다는 사실을 알려 주는 녹색 불빛이야말로 자아 상실의 공포로 일상생활을 포기하지 않도록 안심시켜 주는 평화의 상징이었다.

미효는 머리띠의 전송 모드를 '자동'에 놓고 출근 준비를 시작했다. 그가 의식하지 못하는 동안 머리띠는 조금씩 약해지는 두뇌의 연상 및 기억 활동을 보조해 주었다. 치약의 민트 향은 나흘 전에 마셨던 차를 연상시켰고, 차의 향과 맛에 대한 기억은 그 자리에 함께 있던 연인과 연결되었다. 미효는 연인이라는 개념으로부터 얼굴을 곧바로 떠올리지 못했다. 손상된 현재 뇌 상태 그대로라면 온종일 괴로워하다가 자신이 돌이키려 애쓰는 것이 무엇인지도 잊을 수밖에 없었다.

다행히도 자동 모드에 있는 머리띠와 저장 장치 속의 회로는 미효의 연상 패턴을 학습했다가 단절된 부분을 즉시 연결시켰다. 미효의 기억은 연인의 이목구비, 민규라는 이름, 그의 부드러운 목소리와 다각적으로 이어졌다.

미효는 알츠하이머병이 없는 여느 사람과 다르지 않게 손목에 차고 있던 스마트 밴드를 조작해서 민규에게 전화를 걸었다.

"나야. 오늘 만나. 언제쯤이 좋아?"

"어디 보자. 네 시 반에 회사 앞으로 올 수 있어?"

민규. 회사. 회사는 명동에. 명동까지는 대중교통으로. 시각은 네 시 반. 그 정보들 역시 두 개의 저장 장치로 전송되고, 저장되고, 머리띠로 피드백되어 다시 뇌에 도달했다.

"응. 그럼 이따 봐."

미효는 그처럼 의학과 기술의 도움으로 잊지 않아야 할 것과 잃지 말아야 할 것들을 지켜 가면서 두뇌를 재건하고 있었다.

신인류를 부탁해

×××

인공 근골격에 관한 세 개의 삽화

#1 S 씨의 출근

강화 근육용 열량 강화 아침을 먹은 S 씨는 현관 옆 벽에 거치해 두었던 자전거를 내려서 출근길에 나섰다. 도로는 이미 각양각색의 자전거들이 일사불란하게 고속으로 달리고 있다. 모두 인공 근골격을 갖춘 사람들이다. 시내에서는 물론 도시와 도시 사이 이동 및 운송도 자전거로 쉽게 해결할 수 있으니 거추장스러운 자동차들은 비좁은 자동차 전용 차로에서 띄엄띄엄 보일 뿐이다. 가볍고 단단한 인공 골격과 쉽게 지치지 않는 고출력 인공 근육은 삶을, 그리고 세상을 완전히 바꾸어 놓았다. 한 사람

한 사람이 엔진 하나의 출력을 가진 삶, 한 집 한 집이 발전소 하나의 전력을 내는 세상으로.

회사에 거의 다 도착했을 때쯤, 뒤에서 사이렌 소리가 들려 S 씨는 다른 자전거 이용자들과 함께 속도를 줄이며 중앙 차로를 비운다. 잠시 후 자전거 한 대가 초고속으로 스쳐 지나가고 경찰 자전거가 그 뒤를 쫓아 눈 깜짝할 사이에 사라진다.

#2 뛰는 놈 위에 나는 놈

사이렌을 울렸더니 사람들이 잘 비켜 준 덕에 오히려 용의자가 도망치는 것도 더 수월해졌다. P 순경은 혀를 차며 페달을 더 세게 밟았다. 인공 근골격 때문에 범죄자들만 좋아졌다니까. 총기 소지를 금지해 봤자 불법으로 개조해 강철도 구부릴 수 있는 근육으로 별별 흉악한 범죄를 다 저지르고 쉽게 도망친다. 하지만 이번엔 어림없지. 거의 다 따라잡았다. P 순경은 총알보다 빠른 강화 근육 마비 다트를 손에 들었다. 그런데 그 순간, 용의자가 뒤를 돌아보더니 갑자기 자전거에서 높이 뛰어올랐다. 등에서 철사와 비닐로 된 우산 같은 형상이 펼쳐지더니, 날개가 되고……. 인공 근골격으로 힘차게 팔을 휘젓자 용의자는 떨어지지 않고 그대로 날아가 버렸다. P 순경은 닭 쫓던 개의 심정이 뭔지 알 것 같은 기분으로 멈춰 섰다. 젠장, 이젠 새총도 가지고 다녀

신인류를 부탁해

야 되나?

막간극: 하늘도시

도시의 마천루들에는 이제 승강기나 자동계단이 하나도 없다. 형식적으로 놓은 끝없는 계단을 오르기 위해서는 인공 근골격이 필요하다. 하지만 인공 근골격을 갖춘 사람들은 더 이상 지상으로 내려오지 않는다. 날개옷을 입고 발코니에서 발코니로 깃털처럼, 눈송이나 민들레 홀씨나 요정이나 천사들처럼 우아하게 활공할 뿐이다. 처음에는 부유한 장애인들을 대상으로 극소수의 시술만 이루어졌지만 기술에 잠재된 시장성을 알아보고 거대한 자본이 투입되기 시작했다. 세상의 수직과 수평은 순식간에 새로운 능력을 가진 사람들을 위해 재편되었고, 나머지 사람들은……

#3 선녀와 농사꾼

하늘도시 아래에서 나머지 사람들은 예전과 똑같이 살아간다. 예전치고는 꽤나 한참 전의 예전이지만. 환경 오염을 핑계로 내연 기관 사용이 금지된 이후로 사람들은 소로 밭을 갈고 돛단배를 타고 나가 물고기를 잡는다. 그러다 가뭄이 들거나 태풍이 불면 굶어 죽거나 빠져 죽는다. 별일 없어도 그냥들 많이 죽는다.

아침을 굶은 H는 밭에 나가는 대신 동구 밖 들판으로 나가 보았다. 간밤에 바람이 많이 불었고, 이런 날이면 이따금 하늘도시에서 날아온 신기한 쓰레기들을 구할 수 있기 때문이다. 하지만 오늘은 쓰레기가 하나도 없었다. H는 실망해서 도시 쪽으로 계속 걸어가 보다가 결국은 힘이 빠져 발걸음을 돌렸다. 그리고 그녀를 발견했다. 쓰러져 있는 그녀의 머리에서는 피가 흘렀고, 날개옷은 원래 형체를 알 수 없게 뒤엉켜 있었다. H는 머릿속이 복잡해졌다. 날개옷만 챙겨 갈까? 아니면, 여자를 데려가고 날개옷은 감추면 어떨까? 여자는 희고 고운 얼굴에 몸은 믿을 수 없을 정도로 가볍고 부드러웠지만, 한없이 단단하고 강해 보였다. 새 같아. H는 예전에 잡아먹으려다 놓아주었던, 날개 다친 새를 떠올렸다. 작고 검은, 꼬리 끝이 두 갈래인.

어떻게 할지 결심한 H는 여자를 안고 일어섰다. 다친 사람을 두고 무슨 생각을 한 거지? 내가 미쳤나 봐. 여자는 가벼웠다. 한참 걸어야겠지만, 어쩌면 날아다니던 누군가가 보고 내려와 도와줄지도 모른다. H는 다시 힘을 내 저 멀리 보이는 도시를 향해 걷기 시작했다.

이제, 남은 암흑기는 없다

굉음과 암흑. 숨을 쉴 수 없을 만큼 크고 까끌까끌한 먼지들.

공기가 목에 뭉쳐 더는 몸 안으로 들어오지 않는 순간 현호는 모든 게 끝이라고 생각했다. 누군가 굵은 밧줄로 두 다리를 꽉 묶기라도 한 듯 꼼짝할 수가 없었다. 그게 현호가 정신을 잃기 전까지 남아 있던 마지막 기억이었다.

현호는 강한 약품 냄새를 맡으며 눈을 떴다. 그는 자신의 몸보다 조금 큰 유리 캡슐 속에 누워 있었다. 왼쪽에는 비교적 말끔한 정장을 입은 남성이, 오른쪽에는 하늘색 가운을 입은 여성이 앉아 있었다. 현호는 눈을 껌뻑거리고 얼굴을 찡그렸다 펴 보면서 도대체 어떻게 된 일인지 돌이켜 보았다. 낯선 상황과 어울리지 않게 그의 마음은 지나칠 정도로 차분하게 가라앉아 있었다.

정장을 입은 남자가 자상한 얼굴로 현호를 내려다보고 말했다.

"유현호 씨, 정신이 드셨군요. 다행입니다. 여긴 병원입니다. 저는 의료복지부 직원이고요. 유현호 씨는 어제 오수 쇼핑몰 붕괴 사고 현장에서 사고를 당하셨습니다. 검사 결과 두뇌를 포함한 상체는 아무 이상이 없습니다. 문제는 다리인데요. 건물 잔해에 두 다리가 깔려 자연적인 재생은 불가능한 상태가 됐습니다. 그래서 선택을 해 주셔야 합니다. 이제부터 제가 말씀드리는 내용을 잘 들어 보시고 승낙하시면 수술용 캡슐 왼쪽 벽에 손을 대 주세요. 그러면 지문을 인식해서 서명한 것으로 간주됩니다."

현호는 알겠다고 대답했다.

"선택해 주셔야 할 건 나노 재건 시술 여부입니다. 유현호 씨는 나노 머신을 이용해 두 다리를 완전히 새로 만들 수도 있고, 재건 시술을 받지 않고 일반적인 장애인으로 생활하실 수도 있습니다. 전자를 선택하시면 향후 7년간 국가 의료보험료가 대폭 상승하지만 다시 정상적인 생활을 하실 수 있습니다. 나노 재건을 받지 않으시면 1급 장애인으로 분류되어 장애인 복지 혜택을 받게 됩니다. 나노 재건을 받으시겠습니까? 동의하신다면 캡슐 왼쪽 벽에 손을 대 주세요."

현호는 생각할 시간을 조금 달라고 부탁했다.

신인류를 부탁해

그가 나노 재건에 대해 아는 건 일반적인 수준이었다. 우선 재건 시술을 받을 환자의 몸에 육안으로는 볼 수 없는 아주 작은 나노 머신이 다수 투입된다. 나노 머신들은 재건이 필요한 부위뿐 아니라 신경 곳곳에 머무르면서 몸속을 오가는 온갖 신호를 감지한다. 그리고 뼈, 조직, 근섬유, 피부, 신경 등을 만들어 나간다. 피시술자의 상태에 따라 다르지만 재생이 끝나기까지 걸리는 시간은 2년에서 4년 정도였다. 그 기간 동안 수시로 병원을 오가며 상태를 확인하고 필요하다면 보조 도구도 사용해야 했다. 무엇보다, 나노 재건 시술에는 15퍼센트 정도의 실패율이 있었다. 다시 말해서 환자의 15퍼센트 정도는 정상적으로 기능하는 신체 기관을 되찾지 못한다는 뜻이었다.

　하지만 인생을 되찾을 수 있다면 그 정도 위험이 대수일까?

　4년 동안 고생해서 평범한 삶으로 돌아갈 수 있는 길과 쉽사리 단념하는 길을 앞에 놓고 길게 고민할 필요가 있을까? 현호는 캡슐 안에 누워서 고개를 가로저었다. 희망과 단념 사이에는 천국과 지옥만큼의 차이가 있었다. 나노 재건 시술이 없었다면 그에게는 기계 다리 외에 선택의 여지가 없었을 것이다.

　현호는 손바닥을 대 나노 재건 계약서에 인증을 마쳤다. 정장을 입은 남자는 고개를 끄덕이고 남은 절차를 진행하겠다며 자리를 떴다. 현호는 오른쪽에 서서 이 과정을 쭉 지켜본 병원 직원에게 부탁했다.

"현재 제 다리 상태를 정확히 알려 주세요. 충격을 받을지도 모른다는 걱정은 하지 마시고요. 나노 머신이 원래대로 되돌려 줄 텐데, 하루라도 빨리 시술을 시작하는 게 좋지 않겠어요?"

이야기 다섯

× × ×

2035년의 건강 유지법

"어머니가 암이라고?"

교무실에 조퇴증을 끊으러 온 민주의 말에 담임인 영희는 깜짝 놀랐다. 근래에는 거의 들어 본 적이 없는 병명이었기 때문이다.

"정말 암이라니? 어쩌다……. 어머니 검진 칩도 안 심으셨니? 목뒤에 말이야. 아무 내과나 가면 심어 주는데."

영희는 목뒤를 가리키며 말했다. 단백질로 만든 나노미터 단위의 칩이라 만져지지는 않았지만.

민주 집이 그렇게 가난했던가, 영희는 잠깐 고민했다. 요샌 검진 칩 이식 시술도 보험 적용이 될 텐데. 칩 시술은 무상 제공이어야 한다는 법안이 국회에 올라 있지만 아직 통과되지는 못했다.

신인류를 부탁해

"엄마가 그거 심으면 보험비 오른다고……."

영희는 입을 딱 벌렸다.

"아니, 무슨 보험비 무섭다고 거기에 목숨을 걸어."

"해킹으로 개인 정보 빼내서 못된 짓 하는 사람들도 있대요."

무슨 말인지 알 만했다. 검진 칩이 보급되면서 '이대로 가면 의료 업계는 망한다!'라며 불안에 휩싸인 의료계와 제약 업체의 언론 플레이가 한때 대단했다. 보험회사가 칩에 기록된 모든 초기 질병에 추가금을 매긴다는 설에서부터 칩을 해킹해 개인 정보를 빼 간다든가, 심지어는 칩에 전파를 전송해 몸을 조종할 수 있다는 루머까지 돌았다. 하지만 그런 이야기는 신기술이 나올 때마다 돌지 않았던가.

"해킹 무서우면 스마트폰도 못 쓰지. 집안 어른 누구한테든 말씀드려서 가족 모두 검진 칩 심자고 말씀드리렴. 요새는 약도 시술도 다 좋아졌으니 너무 염려하지 말고."

성긴 구조의 암세포 혈관에만 들어갈 수 있는 나노 입자 치료법이 올해 도입되었다. 몸 전체에 폭격을 가했던 기존의 항암제와는 달리 부작용 없이 암세포만 골라 없앨 수 있는 치료법이다.

"예방이 최선의 치료야."

2035년, 의학의 최대 난제 중 하나였던 암은 역설적이게도 치료법이 아닌 검진 기술이 발달하면서 사라지고 있다. 2년에 한 번 해야 했던 건강 검진 제도는 작년부터 중단되었다. 이제 검진 칩이 초 단위로 몸을 검진하기 때문이다. 지금 암처럼 초기 진단으로 잡아낼 수 있는 병은, 기존에 암을 앓고 있던 환자를 제외하면 거의 사라지다시피 했다.

칩을 심지 않아도 동네 보건소나 주민센터에 비치된 혈액 분석기에 피 한 방울만 넣으면 웬만한 질병은 간단히 검진할 수 있다. 이제 노인들은 노인정에서 수다를 떨면서, 학생들은 학교 보건실에서, 직장인들은 휴게실에서 심심풀이 삼아 건강 검진을 할 수 있다.

낙관적인 사람들은 이미 인류가 불사의 시대에 접어들었다고 호들갑을 떤다. 물론 기본적인 노화와 불의의 사고, 아직 알려지지 않은 병과 바이러스는 어쩔 수 없다 해도.

요즘 화두로 떠오르는 것은 수명 연장이 아니라 존엄한 죽음의 문제다. 벌써 많은 국가가 안락사를 인정하는 방향으로 가고 있고, 국내에도 법안이 발의되었다. 노인의 재사회화에 대한 논의도 활발하다. 사람이 150~200년을 살게 되었는데, 10년만 뒤처져도 흐름을 쫓아갈 수 없는 시대에 100년 전에 받은 교육을 어디에 써먹겠는가? 최근 학계에서는 '주기적 의무 교육'을 제안한다. 50년에 한 번씩 학교에 들어가 재사회화를 받게 하자는 것이다.

'그러면 좋겠어. 학교도 두 배로 늘고, 선생도 두 배로 필요해지면 나한테도 좋은 일일 테니까.'

생각난 김에 영희는 스마트폰을 켜 몸을 점검했다. 지난달에는 가슴에 난 좁쌀만 한 종양을 처리했고, 간과 대장 기능 강화를 위한 주사도 맞았다. 검진 목록은 50개쯤 되었다. 상태 바가 주황색이 된 것을 집어내다 보니 다섯 개쯤 된다. 빨간색으로 넘어가기 전에 병원에 가야 한다고 하던데…….

'꼭 게임 인터페이스 창 같아.'

영희는 화면을 보며 생각했다.

예전에는 그냥 주말에 잘 먹고 쉬면서 해결했던 것 같은데, 어째 옛날보다 병원을 더 자주 다니는 것 같아. 영희는 한숨을 쉬며 생각했다.

뭐, 그래도 건강이 제일이지.

이야기 여섯

× × ×

원하시는 아기를
장바구니에 넣으세요

"두 분 다 처음이신가요?"

두 사람이 고개를 끄덕이자 S도 고개를 끄덕였다.

"아시겠지만 한 번 더 확인할게요. 기본적으로는 두 분의 DNA
를 예전처럼 그대로 조합합니다. 그런 다음 전체 스캔을 해서 혹
시 있을지 모를 유전적 결함을 찾아 수정하고, 두 분이 선택한 옵
션들을 넣고 다시 시뮬레이션을 돌려 확인하고 조정합니다. 실
제 수정란에서 마지막으로 오류를 바로잡고 나서 착상시키고요.
오늘은 첫 단계로 옵션을 고르실 차례예요. 여기에 두 분이 원하
시는 자녀상을 자유롭게 작성해 주세요."

S가 줄 없는 노트를 내밀자 둘 중 한 사람이 고개를 갸웃했다.

신인류를 부탁해

"저, 뭔가 선택지 같은 건 없나요?"

S는 웃으며 덧붙여 설명했다.

"옛날에 우스갯소리로 하던 말이 사회적 고정 관념이 되어 버린 거예요. 주사위 굴려서 체력이나 지력 포인트 올리는 거 말씀하시는 거죠?"

둘이 쑥스러운 듯 따라 웃자 분위기가 조금 부드러워졌다.

"유전자 조작은 그렇게 딱딱 꿰맞추는 게 아녜요. 애초에 전부 유전자로만 결정되는 것도 아닌 데다가, 원하는 요소만 정확히 발현되도록 조합하는 것도 불가능하죠. 다만 안정성이 입증된 유전자 배열 패턴이 몇 가지 있고, 예비 부모님들이 바라는 자녀상을 말씀해 주시면 최대한 거기에 맞게 패턴들을 조합해 볼 수 있는 것뿐이에요. 외모나 체질 외에 성격이나 취향 같은 부분도 가능하지만, 저희가 항상 강조하는 건 사람은 유전자로만 결정되는 존재가 아니라는 거예요. 두 분이 제대로 가르치고 키워 주지 않으면 원하셨던 특질이 나타날 확률이 적어지죠. 미리 생각해 둔 게 없으시면 일단 노트를 가져가셔서 충분히 의논하신 다음에 다시 오셔도 돼요. 혹시 더 궁금하신 것이나 필요하신 것이 있나요?"

두 사람은 서로 마주 보더니 고개를 저었다.

"나중에라도 언제든지 전화 주시면 돼요."

진지한 표정으로 고개를 끄덕인 두 사람은 노트를 챙겨 들고 일어섰다.

두 사람이 다시 온 것은 보름이 지난 뒤였다.

"더 생각하다가는 늙어 죽겠더라고요."

내민 노트는 고민하는 동안 많이 뜯어냈는지 꽤 얇아져 있었고, 펼쳐 보니 남은 페이지들도 여기저기 고쳐 쓴 자국이 보였다. S는 몇 페이지 더 넘겨 보고는 고개를 끄덕였다.

"좋아요. 저희가 검토하면서 혹시 여쭤볼 부분이 있으면 연락 드릴게요. 오늘은 DNA 샘플을 채취하고 귀가하시면 되겠어요. 참, 수정란은 어느 분께 착상시킬까요?"

둘 중 하나가 손을 든다.

"알겠습니다. 일단 DNA 채취는 두 분 다 받으셔야 해요."

간호사가 둘을 데리고 검진실로 나가자 S는 노트를 다시 펼쳐 보았다.

성격: 자립심이 강한 사람 / 배우기를 좋아하는 생각이 열린 사람 / 책 읽기를 좋아하는 사람 / 서두르지 않는 사람 / 욕심 없는 많지 않은 사람 / 합리적인 사람 / 회의주의자 / 정직하고 성실한 사람 / …

외모: 키는 평균보다 조금 크게 / 얼굴이나 체형, 피부색은 상관없음 / 가능하면 살찌지 않는 체질 / …

건강: 면역력 강화 / 알코올 분해 효소 강화 / …

S는 두 사람이 원하는 아이를 쉽게 떠올려 볼 수 있었다. 그 아이를 위한 유전자형의 대략적인 조합도. 아이가 아니라 사람이라고 쓴 점이 마음에 들었다. 좋은 부모가 될 거야. 하긴, 유전자 조합 코드 IeNkTmJc2형들이 대개 그렇지 뭐. S는 둘 중 하나는 분명 IeNkTmJc2형일 거라고 생각했다. 어쩌면 둘 다. 소문자 형질 패턴은 틀림없이 둘 다 e, k일 거야. e-k-m이나 e-c-m, e-k-n들은 서로에게 끌린다. 그리고 다들 이 클리닉을 다시 찾아오지. S는 업계의 오랜 괴담을 떠올렸다. 수정란 유전자 편집 기술을 최초로 상용화한 여섯 개의 클리닉에서는 저마다 편집된 유전자들에 자신들의 클리닉을 찾아오도록 하는 회귀 본능 백도어를 설치했었다는…….

S는 고개를 저었다. 헛소리일 뿐이야. 하지만 S도 클리닉에서 쓰는 오리지널 소스 유전자 지도를 속속들이 아는 것은 아니다. 전부 헛소리일 뿐이야. 그렇지만 가끔은 이 모든 게 패를 전부 펼쳐 놓고 혼자 하는 카드 게임처럼 부질없고 덧없게, 심지어는 사기처럼 느껴지기도 한다. 인간은 유전자 이상의 존재여야 하지 않을까? 아니야, S는 고개를 저었다. 만일 유전자 조합이 인간의 전부라 하더라도, 인간은 결국 그걸 뛰어넘을 거야.

S는 정부의 규제에서 벗어나 예비 부모들에게 무한한 자유를 주고 원하는 대로 아이를 골라 보라고 하면 어떨까 상상해 보았

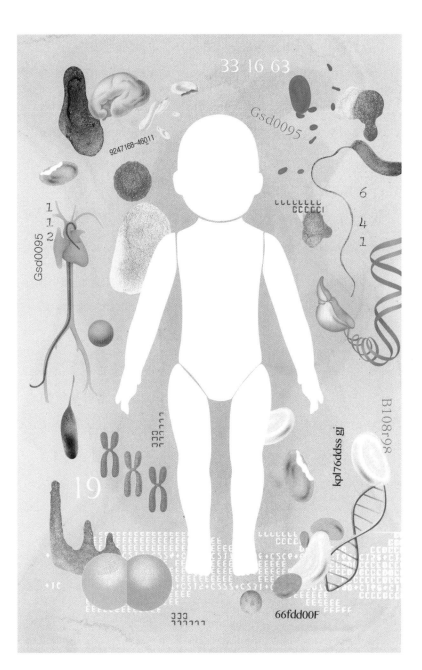

다. 원하시는 아이를 장바구니에 담으세요. 날개 달린 아이? 다리가 여덟 개인 아이? 진공 상태에서도 너끈한 외골격을 가진 아이? 돌고래처럼 잠수할 수 있는 아이? 신피질에 내장된 와이파이 바이오칩으로 네트워크에 상시 접속이 가능한 아이? 영원히 사는 아이?

그것을 과연 인류라고 할 수 있을까? 그렇게 만들어진 인간들로 구성된 공동체를 과연 사회라고 할 수 있을까? 거미 유전자와 접합되어 마천루들 사이로 거미줄을 치며 돌아다니는 아이들과 나방 유전자와 접합되어 넓은 날개를 퍼덕이며 날아가는 아이들을 노리는, 여섯 개의 손을 가진 아이들이 지구 궤도 바깥의 무중력 환경 속에서 활개 치는 세상이 올까? 인류가 유전자의 한계를 넘어서, 인류의 테두리를 넘어서 자신의 가능성을 모두 발현시키는 날이 언젠가는 올까? 인류의 유전자에는 지금까지 한 번도 켜지지 못했던 분자 스위치들이 얼마나 될까? 우리가 그 스위치들을 모두 켜 보는 날이 올까? 그때에도 인류는 여전히 인류일수 있을까?

굳이 그래야만 할 건 또 뭐람? S는 어깨를 펴고 다음 손님을 맞았다.

우리는 지금 미래를
걷고 있습니다

과학 기술이 하루가 다르게 발전하면서 세상은 빠르게 변화하고 있습니다. 조금 과장해서 말하자면 자고 일어나니 새로운 기술이 개발된달까요.

물론 세상이 변화하는 속도에 매 순간 반응하며 살아갈 수는 없습니다. 하지만 우리 일상에 스민 변화를 발견하고 알아보는 것은 중요한 태도라고 생각합니다. 아주 작은 것일지라도 하나가 바뀌면 다른 많은 것이 바뀌기 때문이죠.

가령 마우스를 클릭했을 때 컴퓨터에 일어나는 반응이 바뀐다고 생각해 보세요. 그것은 우리가 마우스를 쥐는 방식이나 클릭하는 방식, 어쩌면 마우스 자체의 모양까지 바꿔 놓을지 모릅니다. 물리 버튼을 꾹꾹 눌러야 했던 휴대폰에 터치스크린이 도입된 이후 휴대폰의 모양은 물론 우리가 전자 기기를 다루는 방식까지도(터치스크린이 아닌 모니터를 눌러 본 경험, 다들 있지 않나요?) 바꿔 놓은 것처럼 말이죠. 우리가 일상적으로 하는 행동은 기술에 따라 많은 부분 바뀔 수 있습니다.

✦✦✦ 이제 슈퍼 리얼리티 감각 센서를 장착할 시간입니다

우리는 세상을 어떻게 경험할까요? 눈으로는 이 책의 빼곡한 글자들을 읽고, 귀로는 책장을 넘기는 소리를 듣고, 손으로는 종이의 질감을 느끼며 '내가 책을 읽고 있다'는 사실을 인지합니다. 책을 들어 코로 냄새를 맡고 혀로 핥아 보기도 한다면 책의 존재를 더 강렬하게 인지할 수 있겠죠. 인간은 감각 기관을 통해 세계를 인식하는 동물입니다. 만약 감각 기관에 이상이 생기면 어떻게 될까요? 시신경을 다쳐 앞을 보지 못한다거나 난청이 생겨 주변 소리를 잘 듣지 못한다면요. 장애가 생기면 인식할 수 있는 세상의 범위가 작고 좁아지리라고 생각하기 쉽고, 그것은 어느 정도 사실일 겁니다. 비장애인이 다수를 차지하는 세상에서 장애인들은 대중교통을 이용하는 일마저 여의치 않으니까요. 하지만 제도적인 뒷받침이 이루어진다면, 세상을 색다른 방식으로 경험할 수 있지 않을까요? 세상은 우리가 감각할 수 있는 방식으로만 존재하는 것이 아니니까요.

그렇다면, 우리 감각 기관을 아예 인공 기관으로 대체하면 어떤 세상이 펼쳐질까요? 불교에는 이런 말이 있다고 합니다. '의식은 감각을 재료로 한다. 감각 없이 의식은 생성되지 않는다.' 만약 인공 감각 기관이 본래의 감각 기관보다 더 폭넓은 감각 정보를 수집할 수 있다면, 그것을 받아들이는 의식

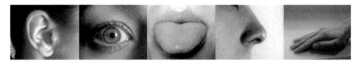

우리는 눈(시각), 코(후각), 귀(청각), 입(미각), 피부(촉각) 등의 감각 기관을 통해 자극을 받아들이고, 이를 신경계에 전달함으로써 세상을 인식합니다.

또한 조금씩 달라지지 않을까요? 내리는 눈송이 하나하나의 결정을 볼 수 있다면, 고래의 노랫소리를 들을 수 있다면, 식물의 생각을 읽어 낼 수 있다면, 인간의 삶은 지금과는 다른 형태를 띠고 있겠죠.

사실 이렇게 보편적인 감각 수준을 넘어서는 것이 아닌, 기초적인 인공 감각 기관은 우리 삶에 꽤 깊숙이 들어와 있습니다. 앞서 읽은 이야기들이 낯설지 않게 느껴진다면 그건 우리가 이미 인공 기관에 익숙하기 때문입니다. 넓게 본다면 안경, 보청기에서부터 인공 피부 이식 수술, 렌즈 삽입 수술, 인공 와우 이식 수술 등은 우리의 감각 기관을 확장하는 장치이자 하나의 인공 감각 기관이죠.

첫 번째 이야기 「별이 빛나는 밤에」는 바로 이 '인공 감각기'라는 소재를 다루고 있습니다. 시각과 청각은 전자기파와 음파라는 물리적 요소에 대한

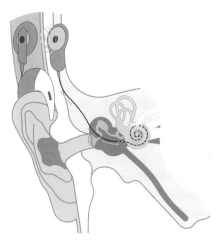

인공 와우를 통해 소리를 듣는 과정을 보여 주는 그림입니다. 와우(蝸牛)는 달팽이관을 뜻하는 말로, 우리는 이 달팽이관 내부에 있는 감각 수용기로 소리를 인식합니다.

감각이므로 카메라 등 기계적인 센서가 많이 개발됐지만, 후각과 미각은 분자들의 화학적 자극에 대한 감각이기 때문에 인공 센서를 제작하는 것이 쉽지 않습니다. 하지만 어느 쪽이든 단순한 계측 도수로서 벽에 붙여 놓거나 손에 들고 사용하는 것이 아니라 감각 기관으로서 체내에 삽입하려면, 전기 회로와 생체 신경을 접합하는 기술이 먼저 개발되어야 할 것입니다. 이는 결코 쉬운 문제가 아닙니다. 수없는 도전과 실패가 이어질 테고, 마침내 성공한 뒤에도 기술적 용도와 도덕적 판단, 적절한 활용 방안을 놓고 기나긴 논의가 이어질 테니까요.

이런 상상을 한번 해 볼까요? 감각이 확장된 일상은 어떤 모습일까요? 전기 회로와 신경, 컴퓨터와 뇌를 연결하는 일이 실제로 가능해진다면 어떻게 될까요? 인간의 감각과 의식까지도 인공적으로 제어할 수 있게 될까요? 이러한 상상의 실현 가능성을 두고도 다양한 입장이 나올 수 있겠지요. SF 작가 그렉 이건Greg Egan은 자신의 첫 장편 『쿼런틴』에서 정교하고 예리한 통찰을 통해 상상을 실현시켜 보입니다. 이 작품은 한 사립 탐정이 의뢰받은 사건을 조사하면서 겪는 모험을 다룬 하드보일드 SF인데요. 스마트폰에 앱을 깔듯이 뇌 신경망 위에 갖가지 프로그램을 다운받아 감각과 의식을 제어하는 장면들이 흥미롭게 펼쳐집니다.

감각의 인공적 확장이 세상에 어떤 변화를 불러올지는 모르겠습니다. 산업 현장에 필요한 센서들은 이미 충분히 개발되어 있고, 개발이 필요한 것이 있다 해도 그것을 굳이 작업자 체내에 삽입할 필요는 없을 테니까요. 인공 감각 기관은 군인이나 경찰 업무, 혹은 디자인 같은 예술적인 업무에서 활용될 가능성이 높아 보입니다. 하지만 인간의 삶이 '일'로만 이루어진 것은 아니잖아요? 단지 업무 능력을 향상시키기 위해 체내에 센서를 삽입할 용기를 내야 하는 걸까요? 기술의 활용 가치를 어디까지 허용하느냐는 늘 민감한 문제인 것 같습니다.

+++ 4차 산업 혁명 VS 1차 존재 혁명

두뇌는 우리의 자아가 머무르는 장소입니다. 인간의 정신 활동은 아직 완전히 밝혀지지 않았고 아마 앞으로도 한동안 풀리지 않겠지만, 한 가지 분명한 것은 정신 활동 대부분이 두뇌에서 일어난다는 사실입니다. 심리학이 전담했던 문제들을 뇌 과학이 상당수 물려받은 것도 이 때문이겠죠.

「기억을 저장하는 몇 가지 방법」은 두뇌, 그중에서도 '기억'에 관한 통념을 새롭게 정의하고 있습니다. 이야기 속 주인공은 이전에는 치매라 불렸던 질환인 인지 장애증에 걸립니다. 하지만 오늘날 우리가 알츠하이머병을 앓을 때처럼 기억을 소실해 자아를 상실할지 모른다는 두려움에 시달리지는 않습니다. '머리띠'라는 장치가 기억을 모두 보관해 주기 때문이죠. 말하자면 기억을 얼마든지 백업해 둘 수 있게 된 겁니다.

인공 장치에 의존해 기억을 백업해 두는 것은 많은 SF소설에서 볼 수 있는 설정입니다. 김초엽의 소설 「관내분실」에는 죽은 사람들의 기억이 보관된 도서관까지 등장하죠. 한편 로리스 로이의 소설 『기억 전달자』는 '기억 보유자'라는 직업을 갖게 된 소년 '조너스'가 주인공인데요. 조너스가 커뮤니티의 인공적인 저장 장치인 셈이죠. 소년은 선대 기억 보유자로부터 기억을 이어받으면서 사랑, 슬픔, 고통 등 커뮤니티에서 통제한 다양한 감정을 알게 됩니다.

많은 SF 소설에서 기억을 중시하는 건, 그것이 우리의 복잡한 의식 활동을 단적으로 보여 주기 때문입니다. 기억이 작동하려면 우리에게는 과거와 현재, 미래를 구분하는 시간관념이 있어야 하고, 또 각각을 비교하거나 연결 지을 수 있어야 하죠. 기억이 있기에 우리는 학습을 해서 무언가를 좀 더 잘할 수 있게 되고, 한번 실수했던 일은 좀 더 조심하게 되죠. 앞서 알파고가 자기 자신과의 대국을 통해 학습했던 것, 기억하시나요? 기억의 메커니즘을 규명하는 것은 인공지능 시스템을 향상시키는 데에도 중요한 역할을 합니다.

4차 산업 혁명에 대한 말이 여전히 무성한 지금, 이 네 번째 산업 혁명의 핵심은 인공지능에 있습니다. 인공지능은 하루가 다르게 진화해, 인공지능으로서는 넘볼 수 없는 영역이라 여겨졌던 인간 본질을 탐구하는 데까지 이르렀죠. 기술은 과연 어디까지 발전할까요? 기술적 특이점(Technological Singularity)이 도래하면, 다시 말해서 기술이 폭발적으로 발전해 인간의 능력을 초월하는 지능을 가진 기계나 시스템이 출현하는 시점이 도래하면 세상은 어떤 풍경일까요? 인간이 이해하거나 통제할 수 없는 수준의 인공지능이 출현할 때, 인간이 이룬 사회·경제·문화 등은 어떤 모습을 띠게 될까요? 세상이 다섯 번째 산업 혁명을 맞을 때, 우리는 산업 혁명 대신 존재 혁명을 논하게 되는 것은 아닐까요?

세 번째 이야기, 「인공 근골격에 관한 세 개의 삽화」는 아직 도래하지 않은 인류의 초상을 담고 있습니다. 마치 한 편의 영화를 보는 듯 시각적 효과

인공 근육은 인간 근육의 수십 배가 넘는 힘을 낼 수 있습니다.

가 생생하게 느껴지는 이야기인데요. 이 이야기의 주된 소재는 바로 '인공 근육'입니다.

　인공 근육에 관한 연구는 1950년 인공 섬유가 개발된 이래 꾸준히 이어져 왔습니다. 하지만 근육을 인공적으로 개발하는 일이 무척 어려웠기에 그동안은 연구 기간에 비해 괄목할 만한 성과가 없었던 것이 사실입니다. 그러던 중 2006년 미국 텍사스대 나노기술연구소에서 사람의 근육과 유사한 '인공 근육 장치'를 개발합니다. 탄소나노튜브를 이용해 스스로 에너지를 만들어 작동하는 기술을 개발한 것이었죠. 이후 인공 근육의 활용 가치는 나날이 높아지고 있습니다.

　인공 근육은 로봇이 더 자연스럽고 정밀한 동작을 하는 데에도 도움이 되겠지만, 무엇보다 장애인이나 노인 등 거동이 불편한 이들에게 큰 도움이 될 겁니다. 근육 질환이나 부상 등 다양한 이유로 운동 기능이 저하된 이들의 재활 치료에도 도움을 주겠죠. 물론 「인공 근골격에 관한 세 개의 삽화」에서 보듯 인간의 운동 능력을 보조하거나 강화하는 데에도 적용될 수 있을 겁니다. 그런데, 바로 그런 기술이 군사적 용도로 사용된다면 어떻게 될까요? 마천루 사이를 자유롭게 활공할 만한 근육이 어떤 파괴력을 발휘할지 상상하기란 어렵지 않습니다. 마블 영화에 등장하는 히어로들을 떠올리면 되니까요. 영화 속 한 장면, 가상 인물의 것이라고만 생각했던 초인적인 힘이 실제로 나타난다면 우리는 그것을 어떻게 규제해야 할까요? 아니, 규제할 수나 있을까요?

물론 인공 근육이 개발된다고 해서 곧바로 자연적인 근육을 대체할 수 있는 것도 아니고, 우리가 연체동물처럼 되지 않는 이상 강화된 근육만으로 운동할 수도 없을 겁니다. 골격과 관절의 강화도 필수적이죠. 우리가 지금 운동화를 신고 운동복을 입는 것처럼, 언젠가는 강화된 신체 자체를 입는 세상이 올지도 모르겠습니다.

〈프리잭〉이라는 제목으로 영화화되기도 했던 로버트 셰클리Robert Sheckley의 『불사판매 주식회사』는 비록 인공 근골격을 다룬 것은 아니지만 같이 생각해 볼 만한 SF 소설입니다. 잠깐 내용을 소개하자면, 이 소설의 주인공 토마스 브레인은 1958년 어느 날 미국 뉴저지주 고속도로에서 교통사고로 세상을 떠납니다. 그런데 22세기에 새로운 몸에서 눈을 뜨죠. 이 작품의 배경인 22세기의 미래 사회에서는 인간이 다른 인간의 몸을 '구입'해서 쓸 수 있습니다. 구입한다는 것은 값을 치러야 한다는 뜻이죠. 값을 치를 만한 능력이 있는 부유층들은 가난한 이들에게서 신체를 사들여 정신만 옮겨 다니며 불사를 누립니다.

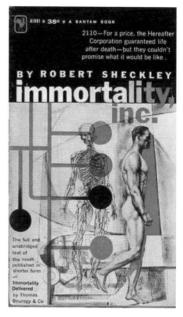

지금 돌아보면 꽤 익숙한 설정이지만, 소설의 뒷맛은 씁쓸합니다. 지난 세기에 환상이라고만 여겨졌던 과학적 상상력이 많은 부분 실현된 지금, 이 소설에서 일어나는 일도 언젠가는 현실로 옮겨 오리라는 생각이 들기 때문입니다. 사실 어느 정도는 이미 옮겨 오기도 했죠. 우리 모두가 최첨단 의료

『불사판매 주식회사』의 원서 표지입니다.

기술을 이용할 수 있는 것은 아니니까요. 누군가에게는 다달이 내야 하는 건강보험료가 큰 부담인 데 반해, 누군가는 개인 주치의를 둘 수도 있겠죠. 인공 근골격을 바탕으로 강화된 신체를 자유롭게 이용할 수 있는 사람들 역시 그만한 재력을 갖춘 이들이지 않을까요?

과학 기술의 발전이 세상을 널리 이롭게 할지 아니면 사회적 불평등을 심화시킬지에 대한 논란은 분분합니다. 과학 기술의 발전이 끝나지 않는 한 기술을 둘러싼 논란 역시 끝나지 않겠죠. 하지만 개인과 개인을 나누는 가장 원초적인 경계인 육체에서부터 경제력에 따라 기술적 차이가 나타난다면,

그 사회적 파장은 지금까지와는 전혀 다르게 나타날 겁니다. 『불사판매 주식회사』에서 보여 주듯이, 부유한 이들은 건강을, 영생을 누리는 반면 가난한 이들은 온전한 신체마저 포기해야 하는 세상이 온다면 사람들은 서로를 각자 다른 종으로 보게 되지 않을까요? 마치 소가 닭을 보고, 닭이 소를 보듯이 말이죠. 그때에 사람들은 여전히 공존하며 살아갈 수 있을까요?

✦✦✦ 나의 유토피아를 위해 너의 디스토피아를 만들지 않겠어

인류 역사에 '운명'이나 '숙명'이라는 단어로 인생을 미리 재단해 버리는 어리석은 행위는 늘 있었습니다.

"난 이렇게 타고난 팔자야."

"어차피 이런 운명인 걸 어떡하겠어."

이런 식으로 자기 삶의 가능성을 미리 잘라 버리는 태도 말이죠. 한편 저 높은 곳에 존재하는 누군가의 손에 삶과 미래를 맡겨 버리는 이들도 적지 않았습니다.

"우리에게 선택과 판단의 권한은 없어. 하늘이 이끌어 주는 대로 살아갈 뿐이야."

한 사람이 태어나 자라면서 갖게 되는 인생관이나 가치관은 시대적 상황에 영향을 받게 마련입니다. 그렇기에 우리는 온갖 박해를 받으면서도 그에 굴하지 않고 합리적인 세계관을 전파한 선각자들을 기억하고 존경하는 것이죠. 그들이 보여 준 새로운 관점을 민주적인 절차로 세상에 도입하고자 하고요. 나아가 조심스럽게 짐작해 봅니다. 이제는 과학과 기술이 선각자의 역할을 이어받는 시대가 된 게 아닐까 하고요.

기술이 발달하면서 불가능하게만 보였던 물리적·신체적 한계를 극복하는 일이 일어나고 있습니다. 「이제, 남은 암흑기는 없다」는 그런 가능성을 극대화하여 펼쳐 보이는 이야기입니다.

우리는 '신체적인 장애'를 떠올릴 때 흔히 돌이킬 수 없다고 생각합니다. 의수나 의족 같은 보조 장치를 통해 도움을 받을 수는 있지만 현대 의료 기술로는 아직 팔이나 다리를 재생시켜 붙일 수는 없기 때문이죠. 그 때문에 장애를 가진 사람들은 비장애인을 중심으로 설계된 환경 속에서 여러 가지 제한을 겪을 수밖에 없었습니다. 하지만 나노 머신을 이용한 재건 기술과 생명 공학이 어우러진다면 이야기는 달라집니다.

고대 그리스어로 난쟁이를 뜻하는 νᾶνος(nanos)에서 유래한 단어 '나노(nano)'는 아주 작은 수의 단위, 즉 10억분의 1을 나타내는 접두사입니다. 1나노미터는 10억분의 1미터로, 대략 원자 서너 개를 줄 세운 길이와 같습니다. 나노미터 규모를 중심으로 하는 과학 분야를 '나노 과학'이라고 하고요. 반도체 같은 초정밀성이 필요한 분야에서 자주 접할 수 있는 단어죠. 나노 과학은 오랜 시간 감춰져 있던 미시 세계를 드러내며 여러 분야에 활용되고 있는데, 그중에서도 생명 공학 분야 연구가 큰 관심을 받고 있습니다. 여러분도 어렵지 않게 떠올릴 수 있을 겁니다. 나노 단위의 아주 작은 기계, 나노 머신을 혈관 속에 투입해 병을 치료하는 모습을요. 미래를 전망하는 수많은 영상에서 보여 주는 장면이기도 하죠. 대표적인 불치병으로 남아 있는 암을 예로 들어 볼까요? 지금의 의료 기술 환경에서 약물은 단단한 암 조직에 침투하지 못합니다. 하지만 약물이 나노 단위로 작아져 투과성이 지금과는 비할 수 없이 높아진다면 암을 치료하는 것도 가능해지겠죠. 나노 약물이 암세포 주변의 정상 세포로도 침투할 수 있다는 점이 문제로 지적되기는 하지만, 이런 기술이 상용화될 때쯤에는 약물이 암세포에만 침투할 수 있도록 제어할 수 있는 기술 역시 개발됐을 겁니다.

「이제, 남은 암흑기는 없다」가 보여 주듯이 나노 머신을 통해 신체를 재건할 수 있는 미래가 온다면, 어쩌면 그때에는 '장애인'이라는 단어가 사전에서 사라지거나 다른 의미를 갖게 될지도 모르겠습니다. 그런 미래에 인간에게 '불가능'이라는 단어는 무엇을 의미하게 될까요? 과학과 기술의 발전이 '가능'의 영역을 점점 더 넓혀 가고 있지만, 지금보다 더 많은 것이 불가능했던 시대로부터 건너온 의문은 여전히 남아 있습니다. 모두가 비장애인이 된 미래가 과연 완벽한 미래인 걸까요? 우리는 계속해서 더 작고 더 가벼운 기계를 개발하고 있지만, 그것을 활용하는 문제에 대해서는 우리를 짓누르는 중력만큼이나 무거운 고민을 해 보아야 하지 않을까요?

엘리자베스 문의 『어둠의 속도』는 바로 그런 고민을 다루고 있는 SF 소설입니다. 근미래, 주인공은 자폐가 있는 '루'입니다. 소설 속 미래에서는 임신 중 태아에게 진단된 자폐를 치료할 기술이 있지만 루는 그런 기술이 나타나기 직전에 태어난 마지막 자폐인 세대죠. 어느 날, 루를 비롯한 자폐인들에게 선택지가 제시됩니다. '정상화 수술'을 받을 것인가, 말 것인가. 루의 목소리로 이어지는 소설은 자폐라는 '비정상' 상태가 자폐 없는 '정상' 상태로 교정되어야만 하는 것인지 묻습니다. 나아가 기술의 발전이 장애가 있는 이들에게 구원이 될 수 있는지에 대해서도요. 이렇듯 새로운 미래를 맞이하며 안게 된 고민은 다음 이야기에서도 이어집니다.

「2025년의 건강 유지법」은 몸에 '검진 칩'을 심는 것이 대중화된 이후의 사회를 그려 내고 있습니다. 치료 기술이 아닌 검진 기술이 발달해 암이 사라진 시대가 배경이죠. 2년에 한 번 받는 건강 검진도 사라졌습니다. 검진 칩이 초 단위로 몸 상태를 관리해 주기 때문입니다. 사람들은 이렇게 변화한 시스템에 잘 적응하며 살아가는 것 같지만, 영희는 '예전보다 병원을 더 자주 다니는 것 같아.'라고 생각하며 한숨을 내쉽니다. '그래도 건강이 제일'이니 어쨌거나 도움이 되는 일이라고 결론짓지만요.

그런데 수명 연장은 과연 모두의 유토피아인 걸까요? 누군가에게는 디스토피아일 수도 있지 않을까요?

만약 검진 칩이 무상으로 제공되는 것이 아니라 비싼 값에 팔리는 세상이라면 저소득층과 고소득층의 평균 수명에 큰 차이가 벌어질 수도 있습니다. 평균 수명은 늘어났는데 노동 환경 및 제도, 교육, 결혼 등이 바뀌지 않는다면 어떨까요? 정년이 다가와 은퇴를 했지만 별다른 소득 없이 100년쯤 세상을 더 떠돌아다녀야 하는 노인, 아니 노인이라 부르기도 겸연쩍은 사람들이 넘쳐 나게 된다면? 그들을 부양하는 동시에 자신의 삶도 지탱해 나가야 하는 젊은이들은 어떨까요? 사실 지금 우리가 사는 세상에도 같은 풍경이 펼쳐져 있죠. 경제적인 이유로 결혼하기를, 아이 낳기를 포기하는 이들이 적지 않은 풍경 말입니다.

하지만 그렇다고 해서 우리가 다시 수명이 짧았던 시대로 돌아가야 할까요? 그럴 수도 없겠지만, 시간을 돌이키기보다는 앞으로 우리에게 어떤 제도가 더 필요할지 생각해 봐야 할 것 같습니다.

반면 「원하시는 아기를 장바구니에 넣으세요」는 완벽한 유토피아가 구현된 것처럼 보입니다. 유전자 개조를 통해 아이를 원하는 대로 만들어 낼 수 있기 때문이죠. 애초에 불행의 씨앗이 될 만한 건 갖고 태어나지 않은 아이인 거죠. 운명을 결정하는 지경까지는 아니어도 어느 정도 선택할 수 있게 된 셈입니다. 이는 옥수수나 토마토 등 농작물의 유전자를 개조하는 것과는 차원이 다릅니다. 인간 자체가 '개조'되어 '생산'되는 것이죠.

유전자 개조는 유전자 편집을 통해 이루어집니다. 스스로의 DNA를 편집하는 인간이란 자체 프로그래밍 기능을 가진 컴퓨터, 혹은 자기 설계 기능을 가진 로봇과 비슷해 보이기도 합니다. 그렇다면 '인간'이라는 단어에 새로운 정의가 추가되어야 하는 것은 아닐까요?

2018년 11월, 중국 과학자 허젠쿠이가 후천성면역결핍증(AIDS)에 걸리지 않도록 유전자를 편집한 쌍둥이 아기를 탄생시켰다고 발표해 큰 파문을 일으킨 적이 있습니다. 당시 쌍둥이의 아버지가 에이즈를 앓고 있었기에 감염 위험을 없애기 위해 유전자를 편집한 배아를 이식했다는 것이었죠. 『네이처』 등 학술지에서는 허젠쿠이의 연구 논문 게재를 거부했고, 세계 생명 과학자들은 그가 생명 윤리를 심각하게 침해했다며 비판했습니다. 허젠쿠이는 불법 의료 행위 혐의로 징역도 살았죠.

아직까지 우리는 유전자 편집을 허용할 것인지, 허용한다면 어디까지 허용할 것인지를 놓고 충분한 사회적 합의를 이루지 못했습니다. 누군가는 허젠쿠이처럼 이 기술이 질병을 치료하거나 유전을 막는 데 필요하다고 목소리를 높이는 한편, 누군가는 유전자 편집 기술이 자칫 우생학적 논리를 따라갈 수 있음을 지적하며 시도해서는 안 된다고 크게 외칩니다. 이 위험한 기술은 과연 개발되어야 할까요? 유전자 편집의 쓸모와 가치를 어떻게 '합당하게' 판단할 수 있을까요? 또 그런 권한은 과연 누구에게 부여할 수 있을까요?

과거를 되짚어 보면, 종교와 윤리와 법률이 기술 개발을 저지하는 데 성공한 적은 드물었습니다. 앞으로는 어떨까요? 기술 개발을 금지하는 데 힘쓰기보다 차라리 조금 더 바람직한 방향으로 나아갈 방법을 모색하는 것이 나을까요? 아니면, 아직 시원한 답을 찾지 못했으니 더 많은 토론을 해야 할까요? 미래를 향해 걸어 나가는 우리의 발걸음이 마냥 가벼울 수 없는 이유입니다. 그래도 한 발 한 발 힘차게 내디디며 주변 풍경을 둘러보고, 또 각자의 생각과 흐름에 발맞춰 가면 좋겠습니다. 미래란, 누군가가 쥐여 주는 것이 아니라 나의 하루하루가 모여 이루는 또 다른 '오늘'이니까요.

3장

×

×

×

기술은 우리에게
무엇을 주나니

똑똑한 일은 스마트 기기에게, 멍청한 일은 사람에게

처음 '차세대 스마트 하이웨이'를 도입한다면서 중앙 관리 공사에서 세부적인 사업 실행 계획을 세우라는 지시가 내려왔을 때만 해도 나는 그게 또 무슨 한심한 짓인가 싶었다. 이름에 '차세대'라는 말을 붙인 사업치고 진부하지 않은 것이 드물뿐더러, 이제는 유행도 끝물이다 싶은 '스마트'라는 단어를 또 갖다 붙인 걸 보면 세태를 읽는 감각도 한참 떨어지는 사람들이 꾸민 일 아닌가 싶었다.

"고속도로가 스마트해져 봤자, 뭐, 밥솥에서 연예인 목소리 나오게 하는 수준 아니겠어요? 톨게이트에 음성 인식 장치나 달아 보려는 건가?"

내가 영란 선배에게 말했다. 나는 영란 선배가 신나게 맞장구를 치며 공사 내의 높으신 분들 욕을 같이 할 줄 알았는데, 선배는 자못 진지한 표정으로 별다른 말이 없었다.

아닌 게 아니라, 막상 사업이 시작되자 일어난 변화는 대단했다. 차가 밀리는 일이 기막힐 정도로 줄어들었고, 교통사고도 갈수록 줄어들었다.

"너무 신기한데요. 새로운 컴퓨터 프로그램이 신호 관리 좀 잘한다고 이 정도까지 좋아질 수 있는 건가요?"

"그냥 신호만 관리하는 게 아니라, 중앙 컴퓨터가 고속도로를 지나는 모든 자동차에 달려 있는 컴퓨터랑 실시간으로 통신하고 있거든. 도로를 지나는 차량 한 대 한 대를 다 따져서 차들이 어디로 가고 어디로 몰리는지 계속 예측을 한다고. 그렇게 해서 제일 길이 덜 막히고, 사고가 제일 덜 발생하는 길을 지능적으로 차량에 분배해 주는 거니까."

나는 프로그램이 하는 일이 점점 더 많아지는 것을 보며 인공지능 기술에 대한 책이라도 좀 읽어야 되는 건가, 하고 고민했다. 그런 내 얼굴을 본 영란 선배가 알쏭달쏭한 말을 던졌다.

"그러니까, 너도 이제 회식 때 농담 잘하는 방법을 좀 더 연습해 놓아야 하지 않을까?"

그 말이 무슨 뜻인지 나는 금방 깨닫지 못했다. 그렇지만, 인공지능 기술에 대해 공부하는 것이 부질없다는 사실은 곧 알 수 있었다.

중앙 컴퓨터의 프로그램 발전 속도는 나 따위가 공부해서 따라잡기에 너무 빨랐다. 어떻게 최고의 효율로 교통량을 분배할 수 있는지 그 원리를 우리가 어렴풋이 이해하기도 전에, 중앙 컴퓨터는 이제 도로에 보수 공사가 필요한 구역을 예측해서 지목해 주고 있었다. 작년까지만 해도 프로그램을 개발한 회사의 수학자 한 사람은 대충 뭐가 어떻게 돌아가는지 메커니즘 정도는 알고 있었다. 하지만 인공지능이 스스로 프로그램에 더 효과적인 방식을 추가해 나가면서 소프트웨어가 너무 복잡해졌고, 수학자조차 이해하기를 포기한 것 같았다.

컴퓨터가 하는 일은 하루에 도로를 지나는 자동차 22만 대를 지휘하는 역할이었다. 그것은 22만 개의 악기가 24시간 동안 연주하는 거대한 교향곡을 지휘하는 일과 같았다. 우리 직원들은 그저 좋은 음악이라는 막연한 느낌을 받을 뿐이었다. 어떤 화음과 어떤 리듬에 그 진정한 아름다움이 있는지 이해할 수 있는 것은 컴퓨터밖에 없어 보였다.

이러니, 우리 같은 실무자들을 두고 누가 일을 더 잘하는지, 더 잘 못하는지를 따지는 평가는 거의 무의미해졌다. 프로그램을 유지 보수하거나 관리하는 일은 매뉴얼에 실려 있는 몇 가지 작

기술은 우리에게 무엇을 주나니

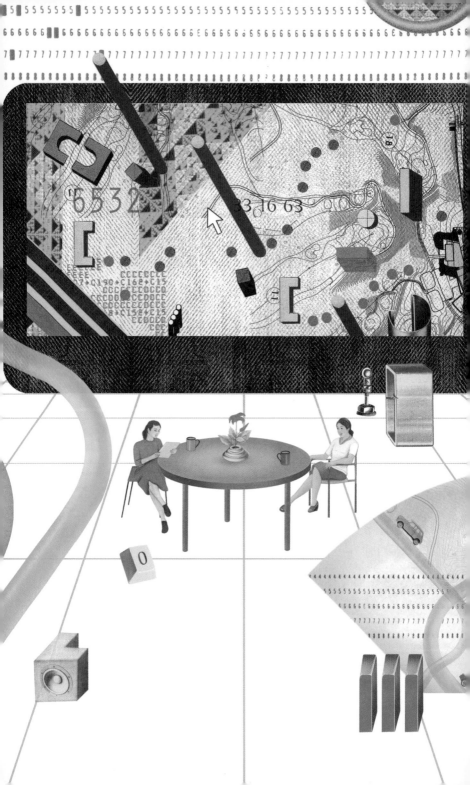

업을 기계처럼 따라 하는 것뿐이다. 조금 더 무능한 직원이 프로그램을 돌린다고 해서 컴퓨터가 짜증을 내며 답답해하는 것도 아니었고, 조금 더 유능한 직원이 프로그램을 돌린다고 해서 갑자기 자동차가 하늘을 날아갈 수 있는 것도 아니었다.

우리 회사가 관리하는 전국 각지의 도로 상황이 더 좋아지느냐 마느냐는 전적으로 인공지능 프로그램이 스스로를 어떻게 개량하느냐에 달려 있었다. 어떻게 개량하는 것이 좋은 선택인지 판단할 능력을 가진 사람을 회사 내에서 찾을 수도 없었다. 그저 올해에는 컴퓨터가 더 좋은 판단을 더 많이 내리기를 바라는 것이 우리가 할 수 있는 최선이었다. 그것은 제때 비가 내리게 해 달라고 기우제를 지내는 고대 농부의 심정과 비슷했다.

상황이 이렇게 되니 인사 고과에서 좋은 평가를 받는 것은 오직 상사에게 얼마나 '인성'이 좋은 인간으로 비치느냐에 달려 있다는 사실을 깨달았다. 얼마 전에는 직원들 사이에 누가 더 보고서를 예쁘게 꾸미느냐로 경쟁이 붙기도 했다. 그러나 지난번 업데이트 이후 컴퓨터에서 자동으로 출력되어 나오는 보고서가 가장 깔끔하다는 것을 모두 알게 되면서 그런 경쟁도 끝이 났다. 성과는 컴퓨터 프로그램이 내고 있으니, 직원들을 평가하는 항목 중에 사람이 따져 볼 수 있는 것이라고는 인성, 그 한 가지뿐이었다. 인성만큼은 컴퓨터가 아닌 사람이 평가할 수밖에 없지 않느냐고들 했다.

결국 요즘 우리 회사에서 인성이란, 상사와 얼마나 친한지, 상사에게 아양을 얼마나 잘 떠는지로 평가되고 있다. 그리고 그것만이 회사에서 유일하게 남과 비교될 수 있는 업무였다. 새로운 도로를 설계하고 더 나은 교통 법령을 제안하는 일도 컴퓨터가 하고 있으니, 직원들에게는 회식 자리에서 어떤 바보짓으로 부장을 웃길 수 있는지, 상무에게서 얼마나 충성스럽게 술을 받아 마시는지 따위가 핵심 업무 역량이 되었다. 다른 인간을 거느리고 있다는 상사들의 지배욕을 만족시켜 주는 것만은 컴퓨터가 따라 할 수 없는 일이었다.

나는 이제 영란 선배가 농담 연습을 하는 게 중요하다고 말한 의미를 알게 되었다. 그래서 저녁 회식을 앞둔 지금, 나는 인터넷 포털 사이트의 인공지능 추천 기능이 보여 준 '가장 반응이 좋은 아저씨 개그 20선'을 열심히 외우는 중이다.

이야기 둘

× × ×

인공지능 포비아

찬우는 갓 여섯 살이 된 딸 서영이 가볍게 계단을 내려가는 모습을 바라보며 기묘한 기분에 사로잡혔다. 찬우의 불안한 기운을 곧장 알아채곤 하는 아내 연희가 딸이 듣지 못하도록 작은 소리로 물었다.

"또 그 생각이야?"

찬우는 대답하는 대신 가볍게 웃어 보였다. 연희는 짜증을 내거나 잔소리를 하지 않고 찬우의 팔에 살짝 손을 얹었다.

서울에서 부산까지 세 식구를 태우고 갈 옅은 잿빛 차량이 집 앞에 서 있었다. 찬우 부부가 함께 기록하는 일정표에서 단 1초도 벗어나지 않은 제시간에 정확히 도착해 대기하고 있었을 것이다.

연희는 뒷좌석을 어린이용 안전 좌석 모드로 바꿨다. 서영의 성장에 따른 사이즈 변화는 홈 데이터베이스에 실시간으로 업데이트되고 있었다. 가족이 이용하는 차량 역시 데이터베이스에 연결되어 있어 안전 좌석의 크기와 안전벨트 길이를 자동으로 조정해 주었다. 연희는 서영의 몸에 두른 안전벨트가 불편하지는 않은지 다시 한번 확인한 뒤 조수석 문을 열었다. 운전석에 앉은 찬우가 문을 열어 둔 채 머뭇거리고 있었다. 그 모습을 보고 연희가 물었다.

"내가 운전석에 앉을까?"

찬우는 결국 고개를 끄덕이고 아내와 자리를 바꿨다.

가끔 오늘 같은 날이 있었다. 분명 식구는 셋이지만 누군가, 무언가 또 다른 존재가 네 번째 식구의 자리를 차지했다는 느낌이 드는 날이. 그 네 번째 식구는 가족 일정을 모두 알고 있고, 가족 중 누군가의 건강 상태가 이상 수준에 도달하는 것이나 늘 먹는 식재료가 떨어지는 것을 가장 먼저 알아챘다. 심지어 식재료 주문까지 알아서 해 줄 때가 있었다.

오늘처럼 한차에 타고 이동해야 할 때면 찬우는 네 번째 식구의 존재를 강하게 느꼈고, 그만큼 심기가 편치 않았다.

사람들은 자동차를 조종하는 인공지능을 흔히 '카텔'이라고 줄여 불렀다. '카'와 '인텔리전스'라는 단어를 합친 조어였다. 카텔이 스마트 하이웨이와 완전히 연계되면 교통사고 발생률이 현저하게 떨어진다는 건 이미 누구나 아는 상식이었고, 차를 몰고 이동하는 것을 표현하던 '운전'이라는 단어는 '승차'에 흡수되어 사라지고 있었다.

이제 사람들은 차를 새로 구입하면 이른바 '카텔 각서'를 쓴다. 각서의 내용은 다음과 같다.

본인은 운전을 완전히 카텔에 맡기고 수동 운전을 포기합니다. 포기함으로써 발생하는 책임은 모두 본인 및 본인과 계약한 보험사가 맡습니다. 단, 카텔 시스템의 결함으로 인해 발생한 사고는 예외로 합니다. 책임 소재가 불분명할 경우 관할 법원의 판단에 따릅니다.

서명은 강제가 아니었지만 거의 모든 사람이 당연하게 여겼다. 그렇지 않은 몇 안 되는 사람 중 하나가 바로 찬우였다. 지인들은 그런 찬우를 옛날 사람, 이성적이지 못한 사람으로 여겼다.

"아이 태우고 가다가 사고 났을 때 자기도 모르게 발에 힘을 줘서 더 위험해지면 어떡하려고?"

"자율 주행 시스템은 모든 사람이 수동 운전을 포기할 때 효율이 높다고. 너 때문에 다른 사람들이 위험에 처한단 말이야."

"너 당뇨 있잖아. 만에 하나 저혈당 쇼크로 정신이라도 잃으면 어쩌려고 그래?"

지인들의 말이 구구절절 옳다는 건 알고 있었다. 이성적으로 생각할 때 수동 운전을 포기하고 카텔에 몸을 맡기지 않을 이유가 없었다. 찬우가 받아들이지 못하는 것은 그런 이유들 때문이 아니었다. 가족이 함께 살며 헤쳐 나가는 크고 작은 일과 판단을 가져가 버린 네 번째 식구 때문이었다. 그 식구는 분명히 존재하지만 만질 수 없는 건 물론이고 대화조차 할 수 없었다.

찬우와 같은 소수를 가리키는 용어가 있었다. '인공지능 공포증 환자.' 인공지능 공포증이 정말로 병인지는 알 수 없지만 적어도 연희는 남편을 이해하려 애쓰고 있었다. 연희는 인간이 인공지능과 다르다는 걸 잘 알고 있었다. 인공지능은 소프트웨어가 변경되는 즉시 바뀐 점을 따르겠지만, 사람은 그럴 수 없다. 연희는 인공지능 프로그래머이기 때문에, 그리고 남편을 사랑하기 때문에 그 점을 누구보다 잘 이해하고 있었다.

연희는 남편이 안심할 수 있도록 차량 운전석에 앉아 반자동 모드를 켰다. 그러자 내장되어 있던 리본 모양 운전대가 천천히 튀어나왔다. 찬우는 그 모습을 보고 나서야 긴장을 풀었다. 물론 연희는 카텔을 완전히 믿었다. 부산까지 가는 도로 위에서 위험한 상황이 발생하더라도 운전대를 꽉 움켜쥐고 긴급 수동 모드를 작동시킬 생각은 추호도 없었다. 하지만 남편이 마음의 평안을 얻을 수 있다면 작은 연극 정도는 얼마든지 해 줄 수 있었다.

뒷좌석에서 유아 교육용 인공지능 인터페이스와 놀고 있는 딸

서영에게는 해당되지 않는 말이지만, 남편에겐 아직 시간이 필요했다.

이야기 셋

× × ×

내 겸손한 배터리를 위한 기도문

영란 선배와 나는 기도했다. 우리 업계 사람들만큼 신앙심이 강한 사람들도 없다. 고래만큼 거대한 배터리 위에 기어 올라가 작업을 하고 내려올 때마다 우리는 세 번씩 간곡히 기도한다. 영란 선배는 이번에도 "오늘도 우리 배터리가 폭발하지 않게 해 주시고." 대목은 소리 내어 읊었다.

5년 전 나도 배터리 연구를 하겠다고 영란 선배에게 처음 이야기했을 때, 영란 선배는 왜 그런 결정을 내렸느냐고 되물었다. 나는 대답했다.

"에너지 저장 장치가 다 배터리잖아요. 친환경 에너지라면서 풍차랑 태양 에너지를 쓰는 것은 점점 늘어날 텐데. 바람 많이 불

때, 햇빛 강할 때 전기를 모아 뒀다가 바람 안 불 때, 햇빛 없을 때 쓰려면 집집마다 커다란 배터리 하나씩은 있어야 할 거 아닙니까. 그러면 우리 일거리도 늘어나지 않겠어요?"

내 생각이 맞기는 맞았다. 정부 당국자들은 풍차를 좋아했다. 뭔가 참신한 미래 느낌이 나는 일을 하고 있다고 선전하고 싶을 때, 커다랗게 팔을 벌리고 돌아가는 풍차만큼 눈에 잘 띄는 것도 없었다. 그러니 점점 늘어나는 풍차 수에 맞춰 '에너지 저장 장치'라는 이름을 단 초대형 배터리의 수도 늘어났다.

문제는 그다음에 생겼다. 산불이 나 안전 회로가 망가지면서 지하실에 가득 차 있던 그 커다란 배터리가 통째로 폭발하는 사고가 터졌다. 그 뒤로 돌림 노래를 부르듯 전국 각지에서 다양한 에너지 저장 장치 폭발 사고가 일어났다.

많은 사람이 다치고 집과 가게를 잃자 세상은 당연하게도 책임질 사람을 찾고 싶어 했다. 윗선에 끈이 없던 공무원 몇몇이 잡혀 들어갔고, 좋은 변호사를 선임할 돈이 없었던 배터리 회사 직원 몇몇이 잡혀 들어갔다. 정부는 앞으로 이런 귀찮은 일에 휘말리고 싶지 않았으므로, 모든 안전 관리 책임은 배터리를 설치한 회사에 있다고 떠넘기는 법을 만들었다. 제 이름을 뽐내고 싶었던 국회의원들 역시 앞다투어 각종 배터리 안전 법령들을 만들어 덕지덕지 갖다 붙였다.

그 결과, 배터리 안전에 관한 규정은 총 열세 가지 법안에 426

기술은 우리에게 무엇을 주나니

개 조항으로 세워졌다. 규정이 여러 법에 흩어져 있는 데다 그 내용이 대단히 복잡해서, 배터리 담당 공무원들조차 그 내용을 다 알지 못한다. 별 신경을 쓰지도 않고 "이제 이렇게 안전 조치를 만들었습니다." 하고 둘러대려고 허겁지겁 만든 규정들이라, 막상 다 지키는 것도 불가능하다. 특수 전기 회로 관리 특별법은 배터리 성분에 물이 들어가면 위험하니 물을 가까이 두지 말 것을 권고하는 반면, 에너지 화재 안전 특별법은 화재가 나면 빨리 불을 꺼야 하니 물을 가까이 둬야 한다고 명시해 놓은 식이다.

하지만 정부는 가뿐해졌다. 복잡한 규정 중에 분명히 몇 가지 쯤은 어길 수밖에 없을 테니까. 이제 배터리 사고가 나면 "이 악덕 기업이 안전 규정을 어겨서 사고가 났다."면서 책임을 모조리 떠넘길 수 있었다. 배터리 회사들은 난감해졌다. 사업을 접자니 수많은 직원을 일시에 해고하는 것도 골칫거리였다.

그리하여 배터리 업계가 합심해 떠올린 아이디어가 바로, 우리 배터리 관리사들을 새로운 직업으로 '개선'하는 것이었다. 이제 배터리 회사들이 에너지 저장 장치를 새로 건설하고 나면, 맨 마지막에 우리 배터리 관리사들이 배터리 꼭대기에 올라가 '설치' 단추를 한 번 누르고 내려온다. 단추 하나 누르는 것뿐이지만 법적으로 '최종적으로 배터리를 설치한 자'는 배터리 관리사가 된다. 만약 배터리 폭발 사고가 터지면 정부도 아니고, 배터리 회사도 아닌 자영업자인 우리들이 책임을 지고 감옥에 들어가는 역할을 하는 것이다.

어차피 규정 자체가 엉터리이기 때문에 아무리 규정을 얼마나 잘 지키고 있는지 따져 본다 한들 그런다고 배터리가 안전해지는 것도 아니다. 너무 답답한 나머지 나는 '장관과의 대화'인가 뭔가 하는 자리에 나가 가장 이상한 규정 세 가지를 말하면서 개정을 건의한 적이 있는데, 그랬다가 괜히 해당 규정을 맡은 공무원에게 찍혀 "같잖은 얼치기 영세 자영업자가 공무원 망신 주면서 잘난 척하려고 한다."는 욕이나 들으며 본보기 단속에 걸려 구속이 되니 마니 몇 달 고생만 죽도록 했다.

"알고 보면 배터리가 진짜 중요한 건데. 스마트폰, 드론, 로봇 청소기, 이런 것도 알고 보면 다 배터리 성능이 좋아졌으니까 나온 거 아냐. 작고 오래가는 배터리가 있으니까 스마트폰으로 이것저것 할 수 있는 거고, 배터리가 가벼워지니까 드론도 날 수 있게 된 거지. 지금 이 깨끗한 에너지도 결국 다 배터리가 바탕인데 말이야."

영란 선배가 말했다. 내가 물었다.

"그런데 왜 이렇게 별 신경을 안 쓰고 그때그때 대충 때우려고만 할까요?"

"멋이 없잖아. 용량이 더 큰, 더 안전한 배터리. 정치인들이 폼 난다고 생각하는 구호는 아니지."

우리가 하는 일은 결국 우리가 감옥에 갈 위험의 대가로 돈을 버는 일이었다. 감옥에 가지 않기 위해 할 수 있는 일이라고는 지금처럼 사고가 터지지 않기를 신실히 기도하는 것뿐이었다.

"영란 선배, 제가 같이 일하겠다고 찾아왔을 때 도대체 저를 왜 뽑으셨어요?"

영란 선배는 기도를 다 마치고 '설치' 단추를 눌렀다. 그리고 내 기도하는 손을 보며 대답했다.

"네가 손금이 좋더라고. 손금이. 감옥 갈 운이 없어."

이야기 넷

× × ×

괜찮아, 시골은 안전해

3월이 오자 우리 가족은 여느 때처럼 '피난' 준비를 했다. 나는 학교에 임시 홈스쿨링을 신청했고 부모님도 재택근무에 들어갔다. 우리 집은 앞으로 2개월간 서울을 떠나 있을 것이다.

"괜찮아. 시골은 안전해."

아빠가 차에 캐리어를 실으며 말했다. 서울 시내는 낮에도 헤드라이트를 켜야 할 만큼 뿌옇고 칙칙하다. 거리를 걷는 사람들은 하나같이 방독면과 고글을 쓰고 있다. 방독면을 쓴 한 무리의 유치원생들이 아장아장 횡단보도를 건넌다. 눈앞을 지나는 유모차는 유리 덮개로 덮여 있고, 아기는 얼굴 전면을 덮는 산소마스크를 쓰고 있다.

5년 전, 미세 먼지가 대량 발생하여 서울 시내에서만 스무 명이 호흡기 질환으로 목숨을 잃었다. 그 사건 이후로 공기 오염은 홍수나 가뭄과 같은 자연재해로 인정되었다. 매해 3월이 오면 서울과 그 주변 도시에는 비상이 걸린다. 공기 청정기를 돌리며 집 안에서만 지내는 사람들도 있고, 같이 돈을 모아 방공호에서 지내는 사람들도 있다. 우리처럼 서울과 시골을 오가며 사는 '공해 난민'도 있다. 부모님은 내가 천식에 걸린 뒤 서둘러 서울 집을 반으로 줄여 시골에 집을 마련했다. 공기 오염 경보가 발령된 오늘, 도로 위에는 추석을 맞아 귀향하는 것처럼 서울을 빠져나가는 차가 줄지어 서 있었다.

　　우리 가족의 두 번째 집은 강원도 '친환경 마을'에 있다. 읍 소재지인 그곳에는 화석 연료는 아무것도 반입이 안 된다. 처음에는 리 단위로 시행됐지만 최근 읍 단위로 확대 시행됐다. 우리는 마을 진입로에서 도에서 대여해 주는 전지 연료 차로 바꿔 타고 집으로 들어갔다. 타고 온 전기차도 들어갈 수는 있지만, 우리 집 발전량으로는 도무지 전기차를 돌릴 만한 전기를 댈 수가 없다.

　　가는 동안 대규모 산사태로 읍 일대가 정전되었다는 뉴스가 들렸다. 인구가 몰리면서 난개발을 한 것이 문제가 된 모양이었다.

　　"괜찮아. 우리 집은 안전해."

　　아빠가 휘파람을 불며 말했다.

"우린 자체 발전을 하잖니. 전기가 끊겨도 문제없어."

친환경 마을 입주 조건은 쉬우면서도 어렵다. 첫째, 화석 연료를 쓰지 않아야 하고, 둘째, 전기를 자체 생산해야 한다. 집에서 생산한 전기를 초과해서 쓰면 외부 전기를 들여야 하는데, 그러면 서울의 열 배가 넘는 전기료를 내야 한다. 덕분에 우리는 영화 〈마션〉에서 화성에 간 마크 위트니처럼 주변에 있는 모든 것을 에너지원으로 활용한다.

일단 우리 집 전자 제품은 스마트폰에서부터 노트북까지 모두 소형 태양광 충전기가 달려 있다. 그나마도 전력 소모를 줄이기 위해 최저 사양 제품만 쓴다. 한국은 비가 많이 오고 일사량도 그리 좋지 않은 편이라, 태양광 충전이 잘되지 않을 때는 신발 발 뒤꿈치에 있는 밟는 전지를 활용한다. 나는 책상 앞에 앉아 있을 때도 계속 발을 움직여 충전한다. 집 안에 있는 운동기구 겸용 자전거 발전기를 수시로 돌리는 것은 물론이다. 집에서 나오는 음식물 쓰레기와 퇴비도 마을 단위로 모아 재생 에너지로 재활용한다.

지붕과 차고에 올린 태양광 패널로 집 안 전력 수급이 다 되면 좋겠지만, 초기 설치 비용이 감당되지 않아서 패널을 반밖에 못 올렸다. 모자란 전기는 동네 지하에 공동으로 설치한 지열 발전을 빌려 쓰지만 충분하지는 않다. 그래서 우리는 TV도 시간을 정해서 보고 물도 아껴 쓴다.

기술은 우리에게 무엇을 주나니

"그래도 우리는 괜찮아."

아빠가 마당에서 펌프를 퍼 올리며 말했다.

"형편이 안 돼서 애를 지방에 있는 친척 집이나 친구 집, 아니면 토끼굴 같은 조잡한 시설에 보내는 경우가 많대. 요새 허가도 안 받은 보육 시설이 얼마나 많이 생긴다고."

나는 컨테이너를 개조해 만든 자그마한 우리 집을 힐끗 보았다. 우리가 구할 수 있었던 가장 좋은 집이었다. 나도 부모님에게 동의한다. 집과 공기 중에 선택해야 한다면 나는 무조건 공기였다. 엄마는 결국 사람은 이렇게 사는 게 맞다고 했다. 좀 더 아끼고, 좀 더 적게 쓰고, 쓰레기는 덜 만들면서. 도시는 편의를 위한다는 명목으로 너무 많은 것을 불편하게 만들고 있다고.

그러던 어느 날 TV에서 긴급 속보가 흘러나왔다. 남쪽 낡은 원전에서 사고가 나 방사능이 유출됐다는 소식이었다. 남쪽 일대는 대혼란이고, 사람들이 대규모로 북쪽을 향해 피난 중이라고 했다.

묵묵히 TV를 보던 아빠가 조심스럽게 말했다.

"뭐, 그……래도 우린 괜찮을 거야."

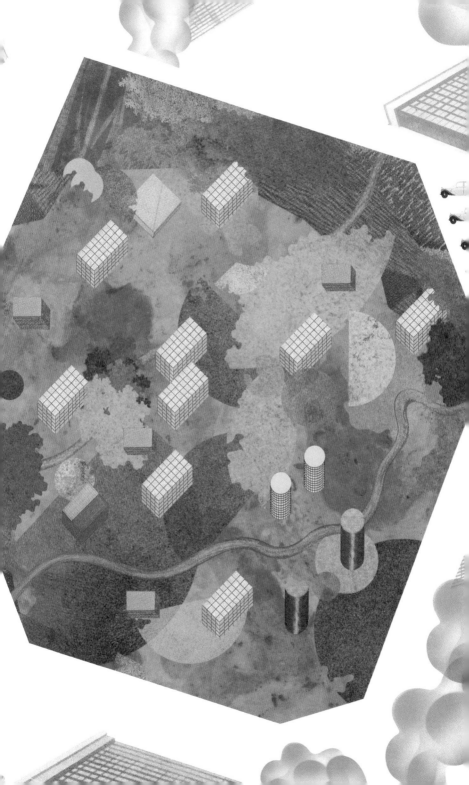

이야기 다섯

× × ×

신기술에 대한
가장 분명한 사실

영란 선배는 지난 6개월 동안 우리가 밥 먹듯 밤을 새워 가며 완성한 보고서를 미련 없이 덮었다.

"이제 이건 됐고. 보고 자료는 어떻게 만들지?"

"이렇게 고생해서 보고서를 다 만들었는데, 무슨 보고 자료를 또 써야 돼요?"

"이런 두꺼운 보고서를 누가 들춰 보겠어. 청에 계신 분들 맨날 자기는 너무 바쁘다고 말하잖아. 간단하게 정리해서 세 장짜리 슬라이드로 만들어 오란다."

영란 선배가 말하는 '청'이란 회사에 연구 용역을 맡긴 어느 공공 기관이었다. 야근이 시작된 지 오래여서 좌절 어린 내 표정을 영란 선배는 깔끔히 무시하고 바로 보고 자료 첫 줄을 쓰기 시작했다.

"일단 그분들이 제일 좋아하실 만한 주제는 이거야. 차를 타고 절벽 옆을 지나가고 있는데 갑자기 어떤 보행자가 길에 튀어나온 거야. 그러면 인공지능 운전 장치는 어떻게 해야 할까. 차를 틀어? 아니면 계속 가? 차를 틀면 절벽에서 떨어져서 운전자가 죽을 확률이 55퍼센트고, 그대로 직진하면 보행자가 죽을 확률이 100퍼센트일 때. 이때 사고 방지 프로그램은 어떤 선택을 해야 하지?"

나는 잠깐 생각한 후 대답했다. 지칠 대로 지친 상태여서 오래 생각하고 싶지 않았다.

"운전자가 합법적으로 잘 가고 있었으니까, 별 잘못한 게 없잖아요. 그냥 직진."

"그러면 튀어나온 사람을 죽게 하자고? 운전대를 틀어도 운전자가 살 확률이 45퍼센트는 되는데?"

"할 수 없잖아요. 우리 잘못은 아니니까. 너무 잔인한가?"

"그런데 아주 짧은 시간 안에 상황을 판단한다는 것도 어렵잖아. 그렇게 사람을 쳤는데, 나중에 보니까 거기가 절벽 중에서도 좀 푹신한 절벽이어서 사실은 운전자가 살 확률이 거의 90퍼센트는 되는 데였다면? 그러면 어떡해."

"푹신한 절벽 같은 게 있어요?"

"말하자면 그렇다는 거지."

"그렇다고 확 틀어 버려요? 자동차를 산 사람은 사고 방지 인 공지능 운전 기능이 있어서 안전하다고 생각하고 샀을 텐데, 그 럴 때 운전자를 보호해 주지 않는다면 싫어할 거 같은데요."

"하기야, 자동차가 잘 팔리려면 아무래도 자동차 사는 사람 편 을 드는 쪽으로 규정을 만들라고 해야겠지. 그런데 그래도 만약 에 운전자가 100세 노인이고 보행자는 10세 어린이면?"

"아, 그건 좀……. 어쩌죠? 그러면 인공지능 프로그램에 운전자 와 보행자의 나이를 비교해서 보행자가 너무 어리면 보행자를 구하고 운전자를 희생하도록 설정해 놔야 할까요?"

"그것도 좀 이상하지. 목숨의 가치가 나이순으로 결정돼야 하 는 거야?"

나는 잠시 말없이 고민했다. 시계를 보니 지하철이 끊길 시각 이 다가오고 있었다.

"선배, 그러면 이렇게 하죠. 이럴 때 누구 목숨을 구할지를 각 자 자기 취향대로 선택하게 하죠."

"법적인 기준은 있어야지. 정말로 사고가 나면 사람을 친 데에 고의가 얼마나 섞여 있었는지, 위험을 얼마나 예측할 수 있는 상 황이었는지, 이런 게 중요할 텐데. 이 정도면 양심적인 선택이었 다, 아니다, 하는 기준은 필요하다고."

"그러면 이렇게 하면 어때요? 매년 초에 정부에서 공식 설문 조사를 해서 이럴 때 사람들이 평균적으로 어떤 선택을 내리는

지 알아보고, 그걸 기준으로 잡는 거죠."

"운전자가 죽을 확률이 55퍼센트일 때는 그렇게 조사해서 결정했다 치고, 50퍼센트나 60퍼센트일 때는 또 어떻게 해? 30퍼센트면? 80퍼센트면? 그리고 사람 목숨 가치를 다수결로 따진다는 게 좀 이상하잖아?"

"사실 그래서 우리 보고서에 법적, 윤리적, 기술적 문제를 다 분류해서 분석하고 연구했던 건데, 그걸 어떻게 몇 마디로 요약해요. 아휴, 전 모르겠어요. 복잡한 문제에 결론이 그렇게 간단하게 나올 리가 없죠."

말하고 나니 더 이상 생각나는 것이 없었다. 우리의 묵묵한 밤은 더 길어지기만 했다. 마침내 영란 선배가 말했다.

"그냥 너랑 나랑 가위바위보 해서 이긴 사람 생각대로 쓰자."

"그렇게 대충 해도 돼요? 이거 대한민국 자동차 전체에 적용될 원칙을 만드는 연구잖아요?"

"어차피, 지금 일본이랑 미국에서 규정이 안 나와서 실제 규정이 만들어지려면 멀었어. 한국 공무원들은 일본 규정이 나와야 규정을 만드니까. 한국에서 규정이라는 게 다 그렇잖아. 일본 것 따라 하고, 너무 이상해 보이면 미국 것도 좀 집어넣고, 좀 민감한 사안이면 유럽 것도 참고하고."

밤은 깊었고, 아무리 생각해 봐도 영란 선배의 말 이상으로 논리적인 원칙은 없었다. 고심 끝에 나는 가위를 내기로 결심했다.

이야기 여섯

× × ×

혐오의 유랑극단에
오신 것을 환영합니다

영업하기는 점점 더 어려워졌다. 나는 미련을 버리지 못하고 말했다.

"저희 모바일 하우징 제품은 정말 완전 미래 신기술이거든요. 이건 한마디로 말해, 걸어 다니는 집입니다. 옮겨 다닐 수 있는 집이거든요."

나는 협력 업체 담당자에게 소개 자료를 다시 들이밀었다. 우리 회사에서 파는 제품은 공장에서 한 덩어리로 찍어 내는 집이었다. 신소재로 만들어진 집은 가벼워서 트럭에 실어 통째로 운반할 수 있었고, 그러면서도 튼튼하고 안전해서 트럭에서 내려놓기만 하면 사람이 살기에 부족함이 없었다. 전기, 수도는 물론 인터넷을 연결하는 것도 최대한 간편하게 만들어져 있어서 빈 땅만 있으면 집을 직접 짓는 것과는 비할 수 없는 싼값에 집을 세울 수 있었다.

"뭐, 그럴듯하기는 한데요. 요즘 인구가 줄어서 빈집이 남아도는 판에 왜 이런 걸 사겠습니까? 언뜻 보니까 공사판에 있는 컨테이너 건물 비슷한 것 같은데요. 무슨 캠핑카도 아니고……."

"아니요. 그런 것과는 전혀 다릅니다. 내부를 보시면 가건물이나 캠핑카가 아니라 완전 그냥 집이거든요. 신혼부부 집이나 학생들 기숙사로도 좋고요. 정말 엄청 싸면서도 좋은 집이거든요."

옆에 앉아 있던 영란 선배가 내게 살짝 다른 눈빛을 보냈다. 텄으니 포기하라는 뜻이었다.

그날 우리는 협력 업체를 여덟 군데나 더 돌면서 담당자들을 만나 영업을 했지만 사정은 마찬가지였다. 내가 이야기하기 시작하면 "귀찮게 하지 말고 꺼져라."라는 반응이 나오고, 영란 선배가 이야기하면 "꺼져 주시지 않겠습니까?"라는 반응이 나오는 정도의 차이만 있었을 뿐. 어린아이가 태어나지 않는 인구 절벽 시대를 지나면서, 집을 살 사람이 없어 세상에는 집이 남아돌고 있었다. 부동산 시장이 무너지면 경제가 망한다고 온갖 정책이 쏟아져 나온 덕분에 집값이 단숨에 폭락하는 일은 좀처럼 벌어지지 않았지만, 우리 회사 사업은 구덩이에서 헤어 나올 기미가 보이지 않았다.

기술은 우리에게 무엇을 주나니

우리는 길거리 벤치에 앉아 아픈 다리를 쉬었다. 캔 커피를 마시며 이런저런 넋두리를 하고 있는데, 요란한 소리를 내며 한 무리의 시위대가 지나갔다.

"화장터 건립 계획 당장 철폐하라!"

시끄러운 소리 때문에 시위대 행렬이 꽤 멀어질 때까지 우리는 대화를 잇지 못했다. 영란 선배가 내게 뭐라고 말하고 있었다. 나는 그 말의 뒷부분만 간신히 알아들을 수 있었다.

"……좋은 생각 같지 않아? 시청 담당자부터 찾아가 보자고."

그게 우리 사업의 돌파구였다. 영란 선배는 시청, 구청 담당자들과 지역구 국회의원 보좌관들을 만나 설명했다.

"복지 정책은 많은데, 시설 짓는 데 돈이 많이 들지 않습니까? 게다가 건설하는 데 시간이 오래 걸려서 완공되기 전에 임기가 지나 버리면 아무래도 다음 선거 때 홍보하기에도 안 좋고요. 그런데 저희 회사 제품은 그냥 공장에서 찍어다가 차에서 내려놓기만 하면 그게 건물이거든요. 임기 안에 세워서 바로 운영할 수 있습니다. 게다가 그거 말고도 정말 좋은 장점이 하나 더 있는데요."

그리하여 우리 회사 제품은 여러 지역에 공공건물로 팔려 나갔다. 특히 시민들이 기피하는 시설이 주력 상품이었다. 우리는 노숙인 쉼터나 양로원, 난민 수용소로 쓸 수 있는 건물을 팔았다. 시에서 갖고 있는 땅에 적당한 공터만 있으면 하룻밤 사이에 그

곳은 많은 사람이 지낼 수 있는 마을로 바뀌었다. 공영 주차장에 우리 회사 제품을 설치해 저소득자 전용 병원을 짓는다거나 하는 일도 흔했다.

"영란 선배, 시에서 이동 연락 왔어요."

"그러면 또 이동 수수료 벌 수 있겠네."

그리고 우리는 건물을 설치한 후에도 계속 수익을 냈다. 기피 시설을 지어 놓으면 인근 주민들이 집값 떨어진다고 항의 시위를 하러 왔다. 그러면 시 당국에서는 적당히 버티다 어지간한 시점에 건물을 이동시켜 달라고 우리 회사에 다시 주문을 냈다. 첨단 소재로 이루어진 우리 회사 제품은 그대로 차에 실어 다른 곳으로 옮길 수 있다. 옮긴 곳에서도 사람들이 몰려와 항의 시위를 하면, 우리는 또다시 건물을 옮긴다. 우리는 그렇게 건물을 세웠다가 철수시키는 사업을 하면서 돈을 벌어들이는 것이다.

이번에 간 곳은 장애인 학교였다. 기록을 보니, 이전에도 이미 세 번 자리를 옮긴 적이 있는 제품이었다. 야적장 자리에 설치된 우리 회사 제품들은 어린이들의 교실과 도서관으로 사용되고 있었다. 그리고 그 주변을 인근 아파트 단지에서 나온 주민들이 에워싼 채 꽹과리와 징을 치면서 물러가라고 소리 지르고 있었다. 상황을 알지 못하는 어떤 어린이는 북소리에 맞춰 춤을 추고 있었다.

꽹과리와 징은 빠른 리듬으로 연주되고 있었지만, 시위대의

목소리는 나름대로 애절했다. 얼기설기 복잡하게 엮여 있는 수십 가지 정책 사이에 아슬아슬하게 걸쳐 있는 집값은 시위대의 전 재산이었다. 삼십몇 퍼센트 득표율로 당선된 시장이 세금으로 생색내려는 공약 때문에 왜 우리가 재산을 날려야 하느냐는 외침이 운율을 맞춘 구호가 되어 메기는소리, 받는소리로 울려 퍼졌다.

현수막과 깃발이 온갖 색깔로 펄럭이는 가운데, 어김없이 몰려든 기자들은 이 광경을 TV로 중계하기 바빴다.

어린이들은 학교를 들어 올리는 장비를 신기하게 바라보았다. 영란 선배와 함께 어린이들을 데리고 또 다른 공터로 떠날 준비를 하는 동안, 나는 이 모든 광경이 다 같이 어릿광대가 되어 버린 서커스 같다고 생각했다.

영란 선배가 근사한 저녁을 사겠다고 말했을 때, 나는 그게 내가 진급 심사에서 또 떨어진 것을 위로하려는 자리임을 짐작했다.

"정말 미안해. 내가 너를 이 바닥에 끌어들였는데. 이렇게 '헬 센서'가 통째로 망하는 판이니까, 진짜 도리가 없네. 3년 전만 같 았어 봐. 너 정도면 벌써 한참 위 직급일 텐데."

짐작대로였다.

"괜찮아요. 안 잘리고 회사 오래 다닐 수 있으면 됐죠. 정리 해 고 된 사람도 많은데요, 뭘."

"그래도, 예전에는 헬 센서 직원이면 곧 갑부 될 줄 알았던 사람도 많았잖냐."

영란 선배는 아름다운 추억을 회상하듯이 헬 센서 사업이 번창하던 시절을 생각하는 것 같았다.

나도 그 시절을 대강은 알고 있다. 집 안 곳곳에 온갖 센서와 카메라를 달아 놓고서, 컴퓨터로 하여금 생활을 지켜보게 하다가 건강에 나쁜 것은 감지해 알려 준다는 상품은 시작부터 괜찮게 팔려 나갔다. 성능도 봐줄 만했다. 바깥에서 흘러드는 매연이나 인체에 해로운 독한 세제 냄새에 경고 메시지를 보내 주는 것뿐만 아니라, 인공지능이 사람의 움직임을 인식해 무슨 음식을 먹고 있는지, 잠은 얼마나 편안하게 자는지까지 분석해 주었으니, 신기하게 여기는 사람이 많았다.

그렇게 카메라와 센서를 달아 놓고 인공지능으로 건강을 관리하는 집을 업계에서는 '웰빙 하우스'라고 불렀는데, 우리 회사는 헬스라는 말과 센서라는 말을 합쳐 '헬 센서'라는 제품명으로 팔았다. 다른 회사들도 비슷했다. 헬시스, 헬스페이스, 헬AI, 헬컴, 그런 이름들이 유행했다.

경쟁이 치열해지면서 웰빙 하우스에서 관리해 준다는 항목의 가짓수는 많아졌고, 집 안에 설치하는 센서의 수도 점점 더 늘어났다.

가장 인기가 많았던 건 발암 물질을 감지해 주는 프로그램이었다. 센서가 페인트에서 벤젠이 나올 가능성을 감지하면 백혈

기술은 우리에게 무엇을 주나니

병 위험이 있다고 알렸다. 센서가 금속제 가구에 카드뮴이 불순물로 섞여 있을 가능성을 감지하면 전립선암 위험이 있다고 알렸다. 센서가 창밖 매연에 디젤 배기가스가 있을 가능성을 감지하면 방광암 가능성이 있다고 알렸다. 튀김을 먹으면 무슨 암, 고기를 먹으면 무슨 암, 담배 연기를 감지하면 무슨 암 가능성이 높아진다고 알렸다. 따사로운 오후 햇살을 받고 있으면 피부암에 걸릴 확률이 높아진다고 알렸고, 고등어를 노릇노릇하게 굽고 있으면 미세 먼지에 폐암에 걸릴 확률이 높아진다고 알렸다. 암이라는 말, 얼마나 무겁게 들리는가? 그 무게와 부담감은 지갑에서 돈을 빨아 당기는 블랙홀 같았다. 한 세대 전에 보험업계가 잔치를 벌이던 꿀단지 같은 사업에 이제는 전자업계가 몰려들고 있는 것이었다.

나는 이것이 명예로운 사업이라고 생각했다. 최소한 그때는 그렇게 믿었다. 실제로 우리 회사 제품으로 사람들이 더 건강해지고 있었다. 병원에 좀 더 많은 돈을 쓰고, 암에 걸린 것은 아닐까 걱정하며 두려워하는 사람들이 늘어나기는 했다. 하지만 헬센서 덕분에 생명을 건지는 사람도 적지 않았다. 그것은 분명히 좋은 일이었다. 매일 컴퓨터에서 "과로는 간 건강을 해칩니다."라는 경고를 보면서도 밤낮없이 일에 매달린 것은 그런 이유 때문이었다.

그러나 돈을 더 벌고 싶었던 업계 사람들은 '센서 감도'를 점점 더 높이기 시작했다. 사람들이 겁에 질려 병원을 더 자주 찾을수록, 더 예민한 신제품을 찾을수록 들어오는 액수가 커지는 것을 본 업체들이 사소한 일에도 경보를 울리도록 프로그램을 바꾼 것이다. 잡다한 센서를 더 많이 설치하게 만들기도 했다. 온갖 사소한 일에도 "암에 걸릴 수 있습니다."라고 무작정 울어 대는 센서를 100개, 200개씩 잔뜩 달아 놓곤 "다른 회사 제품은 센서가 둔해서 우리 회사 제품이 잡아내는 위험을 다 놓치고 있다."면서 자사 제품이 더 좋다고 선전하는 업체도 나타났다.

그렇게 되면서 업계는 서서히 무너지기 시작했다. 시간이 지나 센서들이 고장을 일으키기 시작하자 무너지는 것은 걷잡을 수 없었다. 센서도 기계인 이상 낡으면 고장 날 수밖에 없었는데, 집 안에 센서를 수백 개씩 달아 놓았으니, 몇 년이 지나자 매일 한두 개씩은 교체해야 했다. 어떤 얼간이는 "이제 AS 비용도 계속 벌 수 있겠다."면서 좋아했지만, 매일 센서 수리공을 집에 들여야 하는 데다 하루에 서너 번씩 "너 암 걸린다."고 하는 프로그램을 좋아하는 사람은 없었다.

결국 웰빙 하우스는 한때의 열풍으로 지나갔다. 우리 회사는 이제 훨씬 더 정확한 센서로 꼭 필요한 위험만을 알려 주고, 더 튼튼히 설계해 고장률도 아주 낮은 제품을 만들었지만, 아무리 광고를 해도 사람들은 업계 전체를 믿지 않는다. 그저 돈을 벌어 먹기 위한 조잡한 사기 정도로 여기고 있는 것이다.

"자, 한잔하라고. 정말 미안해."

당장 나조차 마찬가지였다. 영란 선배가 술을 따라 주었을 때,
전화기에 "과도한 음주는 위암 가능성을 높입니다."라는 경고 메
시지가 떴지만, 나는 그 잔을 단번에 들이켰다.

우리는 지금 미래를
걷고 있습니다

+++ **만물의 연구자, 사피엔스**

흔히 인간을 '만물의 영장'이라고 일컫습니다. '영장(靈長)'은 영묘한 힘을 가진 우두머리라는 뜻을 가진 단어입니다. 요컨대 인간이 만물의 영장이라는 표현은 사람이 세상 모든 것 중에 최고라는 의미겠지요. 이런 생각의 연원을 거슬러 올라가 보면 인간은 도구를 만들어 이용할 수 있고, 언어를 구사할 줄 알며, 두 발로 걸을 수 있다는 사실이 나옵니다. 동물 중 오직 인간만이 스스로 생각해 판단을 내리고, 도구를 써서 일상에 필요한 것들을 갖춰 나가며, 사회를 구성할 수 있는 지성을 지녔다는 것이지요.

하지만 여러분도 아시다시피 이는 여러 각도에서 반박되고 있습니다. 인간이 만물의 영장이라는 건 인간 자신이 그렇게 칭하는 것일 뿐, 지극히 오만한 생각이라고요. 다른 동물들은 세상에 나오면 서툴더라도 혼자 걷기 시작하고, 짧게는 몇 달에서 길어도 2~3년 안에 독립하는데 사람은 그렇지 않으니까요. 스스로 걸음을 떼는 데까지만 해도 1년은 걸리죠. 독립하는 데 걸리는 시간은 훨씬 더 길고요. 심지어 단순히 나이를 먹는다고 해서 독립할 수 있는 것도 아닙니다. 나이 들어서도 생계를 감당하지 못하는 사람들이 많듯이 말입니다. 경제 불황의 늪, 청년 실업의 고착화는 전 세계적으로 대두된 문제입니다.

인간만이 스스로 생각하고 판단하는 존재라는 점도 여러 반론이 제기된 지 오래입니다. 게다가, 비단 오늘날의 일만은 아니겠지만, 판단력과 절제력을 잃은 사람들이 너무나 많습니다. 끔찍한 범죄 행위가 하루도 빠짐없이 뉴스에 오르내리죠.

'인간답게' 살아가는 모습이 사라진 세상 같지만, 그럼에도 우리는 실낱같은 긍정과 희망을 버리지 않습니다. 더 나은 삶으로의 가능성 역시 결코 저버리지 않죠. 어쩌면 이것이야말로 사람이 사람인 가장 큰 이유가 아닐까, 조심스럽게 생각해 봅니다.

인간은 만물의 '우두머리'까지는 아니더라도 만물의 '연구자'로서 세상을 끝없이 탐구해 나갑니다. 범죄를 비롯한 반인륜적 행위가 끊이지 않는 이유에 대해서, 세상은 갈수록 발전하는데 살기 힘든 사람들이 줄어들지 않는 이유에 대해서 생각하며 그 해결 방안을 모색하기도 하죠. 사람이 하지 못하는 일들에 대해서도, 그 일들을 대신해 줄 수 있는 기술에 대해서도, 기술의 무한한 가능성과 반작용에 대해서도 탐구하고요. 이건 꼭 도구를 만드는 일과 비슷해 보이지 않나요? 도구를 만들고, 이용하고, 탐구하고, 다시 새로운 도구에 적응하는 과정을 수없이 반복하는 거죠. 인간을 만물의 영장이라는 자리에 올려놓은 것은 이러한 탐구 능력 때문이 아니었을까요?

이 영장의 자리가 계속 흔들렸다는 사실은 앞서 말했지만, 요즘에야말로

실로 위태로워 보입니다. 인간이 만든 도구가 인간을 뛰어넘는 가능성을 몸소 보여 주고 있으니까요. 이제 이러한 '도구'들은 단순한 필요를 넘어섰습니다. 하나의 새로운 '존재'로 우리 곁에 머물면서 영향력을 확대해 나가고 있죠. 역설적이게도, 우리는 지금 우리가 만든 도구들로써 인간의 존재 가치를 탐구하게 되었습니다. 이 장에서 소개된 이야기들은 바로 그러한 사회의 단면을 예리하고 풍자적으로 보여 주고 있습니다.

+++ 무엇이든 대체 가능한 시대

인간을 대체하는 기술, 혹은 오래된 기술을 대체하는 신기술, 환경 오염을 대체하는 새로운 삶의 터전, 더욱 간편해진 주거 공간⋯⋯. 이 장에서 읽은 일곱 작품의 공통점은, '대체품'으로 인해 일어난 여러 현상을 비추어 보는 빛과 그림자가 아닐까 싶습니다.

「똑똑한 일은 스마트 기기에게, 멍청한 일은 사람에게」는 인공지능 기술이 발전해 고속도로를 관리하는 '스마트 시스템'이 도입된 사회를 다루고 있습니다. 「괜찮아, 시골은 안전해」는 미세 먼지가 자연재해로 인정되자 아직 오염되지 않은 시골을 찾아다니며 '공해 난민'으로 살아가는 이들을 다루고 있고요.

한편, 과학 기술은 나날이 발전하지만 고위 관계자들의 직업 윤리와 의식이 그에 부합하지 못해 우스꽝스러운 행태가 이어지는 사회의 단면을 보여 주는 「내 겸손한 배터리를 위한 기도문」과 「신기술에 대한 가장 분명한 사실」, 사람 대신 운전하는 인공지능 자동차 '카텔'에 제대로 적응하지 못해 어

'완전 자율 주행 자동차'가 등장하면 택시 기사나 버스 기사 같은 직업들은 사라지게 될까요? 또, 이야기에서 보여 주듯이 여러 가지 딜레마를 놓고 AI는 어떤 판단을 내릴까요?

려움을 겪는 주인공이 등장하는 「인공지능 포비아」는 기술 발전의 아이러니를 꼬집고 있습니다.

「혐오의 유랑극단에 오신 것을 환영합니다」는 '집'이라는 개념을 새롭게 정의합니다. 작품에 등장하는 '모바일 하우징'은 공장에서 한 덩어리씩 찍어 내는, 가볍고 편리한 기능을 갖춘 데다 이동도 자유로운 제품입니다. 하지만 인구 절벽 시대를 마주한 사람들에게는 이 제품이 별 매력을 갖지 못합니다. 결국 이 이동식 집은 흔히 말하는 '혐오 시설'의 대체품으로 기능하면서 유랑극단처럼 이리저리 떠돌아다니게 되죠.

마지막 이야기 「헬 센서」도 한때 많은 기대와 관심을 불러일으켰던 사업의 지속 가능성을 회의적인 시선으로 바라보는 작품입니다. 이야기 속 '헬 센서'는 건강을 관리하는 인공지능 센서로, 발암 물질을 감지해 주는 센서의 인기가 무척 높았던 때도 있습니다. 하지만 더 많은 돈을 벌어들일 욕심에 눈이 먼 사람들은 센서 감도를 지나치게 높여 버리고, 결국 온갖 사소한 일에 알림을 보내는 센서에 사람들은 염증을 느낍니다. 그렇게 한때의 열풍이 지나가고 난 뒤 남은 것은 씁쓸한 뒷맛뿐이죠.

새로운 기술이 등장하면 언제나 빛과 그림자가 뒤따릅니다. 혁신적인 장점이 있다면 당연히 단점도 있게 마련입니다. 단점을 어떻게 보완할 수 있을지, 아직 밝혀지지 않은 위험성은 없는지, 새로운 윤리적·법적 책임에 관한 논쟁도 나타나죠. 앞서 소개한 일곱 작품에서 보여 주는 미래 사회는 기본적으로 상상에 전제한 것이지만, 비현실적인 설정이라고는 생각되지 않습니다. 어떤 이야기들은 이미 우리가 겪고 있는 문제를 다루고 있기도 하고요. 자율 주행 자동차는 아직 대중화되지 않

기술이 발달하는 속도가 빨라질수록 그 흐름에서 뒤처지는 이들은 많아질 텐데, 우리는 발달하는 기술을 허겁지겁 쫓아가는 것 말곤 다른 선택지가 없는 걸까요?

았지만, 키오스크로 음식을 주문하는 것에서부터 택시를 잡는 일, 기차나 버스표를 예매하는 일 등 일상의 많은 부분을 기계를 통해 하게 됐죠. 그런 시스템 속에서 기계를 사용할 수 없거나 기계 조작에 서투른 이들이 소외되는 것이 사회적 문제로 떠오르고 있고요.

비슷한 맥락에서, 지금은 중요해 보이지 않지만 먼 미래에는 논쟁거리가

될 일을 미리 내다보는 것도 중요한 일이라는 생각이 듭니다. 예를 들어 로봇 인권에 대한 기준이나 외계인 대상 폭력 범죄의 범위를 미리 정해 보는 것이죠. 엉뚱한 상상으로 여겨지나요? 우리는 아직 외계에서 지적 생명체의 존재를 확인하지 못했지만, 1장에서 말했듯 시민권을 인정받은 로봇이 등장했습니다. 요컨대 '로봇 인권을 어디까지 인정할 것인가'는, 아주 가까운 미래는 아니더라도 머지않아 맞닥뜨릴 게 분명한 문제인 거죠. 당장 닥친 문제는 아니니 아직 우리에게는 여러 각도에서 검토해 볼 시간이 있습니다. 더욱이 이런 문제를 고민하는 건 의외로 현실적인 이익과 연결되기도 합니다. 특정 기술에서 앞서 나가는 국가 이미지를 만들어 내기도 좋고, 언젠가 신사업을 유치할 때 관련 규정이 없어 겪을 난항을 미리 줄여 놓을 수도 있고, 해당 사업에 대한 사회적 관심을 환기할 수도 있습니다.

어떤가요? 무엇이든 대체 가능한 시대를 살아가기 위한 나름의 대안을 상상해 보는 일이 제법 그럴듯하다는 생각이 듭니다. 지금도 지구 어느 곳에서는 우리의 상상을 뛰어넘는 일들이 그 가능성을 일구고 있을 테니까요.

+++ 창의적인 기술의 '합'을 꿈꾸며

이번에는 조금 다른 이야기를 해 볼까 합니다. 석탄, 석유, 천연가스 등을 이용하는 에너지를 화석 에너지라고 합니다. 땅속 동식물의 유해가 기나긴 세월에 걸쳐 열과 압력을 받으면 석유나 석탄이 됩니다. 이것을 연료로 만든 에너지가 화석 에너지고요. 원자력이나 풍력, 수력 등을 이용한 에너지가 있기는 하지만, 우리는 여전히 화석 에너지에 많은 부분을 기대 살아가고 있죠. 그리고 여러분도 잘 알겠지만 자원은 점점 고갈되고 있습니다. 환경 오염도 무척 심각하고요. 여름은 점점 더 무더워지고 있고, 전례 없을 만큼 많은 비가 쏟아지거나 가문 날이 오래 지속되는 등 전 세계적으로 기후 위기가 심각한 문제로 대두되고 있습니다. 우리가 살아가는, 또 우리와 함께 살아가는 자연을 돌아보고 대안을 모색하지 않으면 안 되는 때가 온 겁니다.

여기서 잠시 「내 겸손한 배터리를 위한 기도문」을 들여다볼까요. 이야기 속에서 다뤄지듯이, 신재생 에너지를 실용화하고 전력 사용 효율을 높이기 위해서는 에너지 저장 장치가 필수적입니다. 현재 가장 많이 언급되는 방식은 2차 전지 배터리를 이용하는 것입니다. 그러니 전 세계 배터리 기업에게도 친환경 에너지는 큰 기회입니다. 배터리 분야에서 해외 기업의 기술이 비약적으로 성장하고 있지만, 아직까지는 한국 기업도 시장 점유율을 지키고 있습니다. 신재생 에너지 같은 친환경 목적 사업은 그 바탕이 경제적 이익이 아닌 공공 복리에 있어서 대개 정부가 주도하게 됩니다. 당연히 사업이 발전하는 데에는 정부의 역할이 매우 큽니다. 이 과정에서 '보여 주기' 식 정책 입안이나 정치 싸움이 기술에 대한 고려보다 앞서 나가서는 안 될 것입니다.

기술 간 창의적인 연결이 강조되면서 한 가지 영역의 기술이 다른 영역의 기술에 영향을 미치는 모습은 점점 더 흥미롭고 놀라워지는 것 같습니다. 배터리 기술의 발전은 애초에 랩톱 컴퓨터나 휴대전화와 같은 휴대용 정보 통신 제품이 주도했습니다. 그러나 지금은 결과적으로 전기 자동차나 에너지 저장 장치에 활용되고, 기후 변화 문제와도 연결됩니다. 더 오래 사용할 수 있는 전화기를 위한 배터리가 이제 신재생 에너지 산업을 움직이는 큰 동력이 된 셈입니다.

그러니 앞으로는 한 가지 기술에 대한 연구나 개발 사업을 진행하면서 그 용도와 범위를 한정 짓지 말아야 하지 않을까, 하는 생각이 듭니다. 로켓 기술을 우주 개발에 한정하거나, 도자기 기술을 식기에만 한정할 필요는 없지 않을까요? 로켓 기술이 미용 산업에, 도자기 기술이 로봇 산업에 도움이 될지도 모르니까요.

그렇게 된다면 기술과 기술 사이에 좀 더 효과적인 '커뮤니케이션'이 필요해질까요? 지금까지는 사람이 개입해 어떤 식으로든 조작을 해야 했죠. 하지만 사람 없이도 기술과 기술이, 기기와 기기가, 기능과 기능이 정보를 나누며 소통한다면 어떨까요? 이것이 단순한 상상이 아니라, 지금 우리 곁에 일어나는 일을 이야기하는 것이라면요? 자, 이제 이 이야기를 좀 더 나눌까 합니다.

✦✦✦ 사물과 사물이 대화하는 시대

사물 간의 대화가 이루어지는 중심에는 '인터넷'이 자리하고 있습니다. 말 그대로 '사물 인터넷(Internet of Things)' 시대죠. 우리가 주변에서 흔히 보고, 사용하는 대부분의 사물이 인터넷으로 연결되어 서로 정보를 나누는 것을 뜻합니다.

스마트폰, PC를 넘어 자동차, 냉장고, 세탁기, 시계 등 우리가 생각할 수 있는 거의 모든 영역의 사물이 포함되어 있습니다. 아주 쉽게 이해하자면 버스나 지하철을 탈 때 이용하는 '교통 카드'도 이에 속합니다. 이미 세계 각 분

단말기를 통해 집 안의 기기들을 조작하는 것은 이미 익숙한 일상입니다. 이런 최소한의 조작마저 사라진다면 일상은 어떤 모습이 될까요?

야의 기업들이 사물 인터넷 서비스 개발 및 상용화에 나서고 있고, 기술은 하루가 다르게 진화하는 중입니다. 게다가 하나의 기능뿐 아니라 여러 기능을 접목하는 복합적인 연결을 바탕으로 이루어지므로 주거 환경, 건강 관리 등 생활 전반에 영향을 끼치게 되겠지요.

그런데 이런 상상을 한번 해 볼까요? 기기 하나가 고장 날 확률은 일정하지만, 기기의 개수가 늘어날수록, 기기 간 연결이 늘어날수록, 체계에 오류가 생겨날 확률은 커집니다. 비슷한 맥락에서, 미래의 자동차 분야에서는 한눈에 보이는 화려한 성능보다는 '그 성능이 얼마나 안정적으로 지속될 수 있는가?'라는 내구성 측면이 더욱 중요해질 겁니다. 또한 이러한 유지 보수 문제를 통찰할 수 있는 안목이 미래 사회에서 중요한 덕목이 될 것이고요. 기기와 기기 간, 사람과 기기 간의 연결이 점점 더 많아지면서 사회 전체의 연결성이 강화되는 시대일수록 그 중요성은 더욱 커질 테니까요.

사실 집 안의 다양한 전자 장비를 연결해 '한 덩어리'로 움직이겠다는 발상은 상당히 오래되었습니다. 1950~1960년대에 나온 SF 소설에서부터 이런 발상을 발견할 수 있죠. 물론 현실에서 실현시키고자 하는 시도도 몇 차례 있었습니다. 예전에는 '유비쿼터스'라는 이름으로, 최근에는 'IoT'라는 이름으로 유행하기도 했죠. 둘 사이에 차이가 있다면 유비쿼터스는 '동시에 어디에나 존재하는'이라는 사전적 의미대로 사람이 언제 어디서든 단말기를 통해 서비스를 이용할 수 있는 환경을 뜻하는 반면, IoT 기술은 이러한 개입 내지 조작마저 최소화해 사물 간 소통을 가능하게 만들었다는 점입니다.

모든 변화의 전제는 '사람'에 있습니다. 인구 구조가 바뀌고, 생활 양식이 달라지고 있습니다. 우리는 사람의 변화를 계속 탐구하고, 그 변화에 따른 흐름을 끝없이 살피면서 더 나은 환경과 조건과 기술을 개발합니다.

우리는 '공간'의 변화에도 주목할 필요가 있습니다. 건축 기술이 계속해서 다른 양상으로 발전하면서, 다양한 주택 정책은 지역 공동체의 이익 집단을 새롭게 분화시키고, 이익 집단 간 갈등은 지금보다 더 복합적으로 나타날 겁니다. 집이 단지 먹고 자고 사는 곳에 그치지 않고 '존재'를 증명하는 또 다른 상징 요소가 되어 가는 까닭입니다. 쾌적하고 살기 좋은 공간과 그렇지 않은 공간의 격차는 단지 눈에 보이는 차이에 머무르지 않을 겁니다. 서로 다른 차이가 차별과 무시를 넘어 혐오로까지 향한다면 그 원인은 어디에서 찾아야 할까요? 빈부 격차? 경제 성장? 청년 실업? 경제 불황? 사회적 원인임은 분명할 테지만 온전히 그 탓만 해서도 안 될 겁니다. 사람으로서의 기본 도리를 지키는 것이야말로 변화에 휩쓸리지 않는 중요한 태도일 테니까요.

공간의 변화와 함께, 우리가 공간을 점유하고 사용하는 방식도 함께 바뀌고 있습니다. 미래에 '사무실'이라는 공간은 어떻게 바뀔까요?

부동산 시장은 앞으로도 계속해서 변할 것이고, 여기에 더해 건축 기술의 발전은 새로운 주거 형태를 우리 삶에 제공할 것입니다. 앞으로 새롭게 출현하는 건축 기술에 대해서는 그 기술이 우리의 삶과 문화를 '어떻게 바꿀 것인가' 하는 문제도 미리부터 차근차근 상상해 보면 어떨까요? 당장의 수요를 충족하는 기술적인 발전도 중요하지만, 그 문화적 영향에 대해서도 같이 생각한다면, 지난 시절과는 또 다른 형태로 균형 잡힌 성장을 이룰 수 있을 것이라는 생각을 해 봅니다.

4장

×

×

×

우주를 향해
내딛는 한 걸음

이야기 하나

× × ×

우주 운명 공동체

"발파!"

형서와 찬우는 조금 긴장한 얼굴로 소행성 아포피스의 표면을 지켜보았다. 두 사람이 앉아 있는 곳은 소행성 채굴 우주선 '마이더스호'의 조종석이었다.

아포피스 표면에서 먼지가 살짝 피어오르더니 빠른 속도로 퍼져 나갔다. '발파'라는 거친 단어에 어울리지 않는 광경이었지만 형서와 찬우는 미소를 지었다. 그들은 두 번 다시 지구로 돌아가지 못할지도 모르는 여정의 반환점을 지금 막 성공적으로 돌았다. 먼지가 우주 공간 속으로 흩어지자 아포피스에 찰싹 달라붙은 채굴 기계 '거미호'의 모습이 드러났다. 거미의 배에서 나온

우주를 향해 내딛는 한 걸음

파공기는 이름 그대로 소행성에 구멍을 뚫고 깊은 곳까지 침투해 대기하고 있었다. 방금 두 사람은 파공기 끄트머리에서 자그마한 폭발을 일으킨 참이었다.

둘은 안도의 한숨을 내쉬었다. 치밀하게 계산해 자그마한 폭발을 일으키는 게 무엇보다 중요했다. 만에 하나 진동이 커서 아포피스의 궤도가 바뀌거나 거미호에 이상이 생기면 이 모든 고생은 물거품이 되기 때문이다.

형서는 조종석에서 일어섰다. 찬우는 벌써 선외 작업용 우주복에 하반신을 집어넣고 있었다.

아포피스 표면으로 직접 나와 작업을 한 지 네 시간째. 형서는 또 한 번 고개를 돌려 마이더스호가 제자리에 있는지 확인했다. 그러자 우주복 헬멧 속에서 찬우의 목소리가 들려왔다.

"훈련받은 거 다 까먹었어? 이제 그만 좀 보라고."

형서는 퍼뜩 정신이 들었다. 지구를 떠나기 전까지 수없이 반복했던 시뮬레이션 훈련이 떠올랐다. 당시 훈련 담당자는 귀에 못이 박히도록 반복해서 말했다.

"최형서 씨, 아포피스 표면에 내려가면 소행성 지면을 지구의 땅이라고 생각하지 마세요. 감각에 혼란이 와서 안전사고가 발생할 수 있어요. 마이더스호도 자꾸 확인하지 마세요. 불안감을 키우면 작업이 힘들어요."

훈련 담당자의 말은 사실이었다. 형서도 아포피스의 표면에 내려설 때는 서른다섯 평생 몸에 익혔던 기억과 공간 감각이 뒤섞여 잠시 혼란을 겪었다. 하지만 그가 머리 위에 떠 있는 마이더스호를 자꾸 쳐다보는 건 다른 이유 때문이었다.

지구 밖 우주 공간에서 단 하나 집이라고 부를 수 있는 우주선. 거미호. 소행성. 소행성 속에 대량으로 뒤엉켜 있는 백금. 그리고 옆에서 형서와 찬우를 도와 작업을 하고 있는 인공지능 탑재 로봇 도우미 세 대. 그 모든 게 한데 어우러져 알 듯 모를 듯 낯선 감정을 불러일으키고 있었다. 형서는 자신도 파악하지 못한 감상을 찬우에게 설명할 자신이 없어 그저 고개를 끄덕이고 작업에 집중했다. 그 순간 무언가 잘못됐다는 느낌이 들었다. 짧은 간격을 두고 전해지는 묵직한 진동.

"몸을 숙여!"

형서는 찬우의 고함을 듣고 반사적으로 자세를 바꾸며 생각했다. 거미호가 소행성 속에 집어넣고 있는 채굴기가 지나치게 단단한 물체에 부딪혔군. 훈련 담당자가 뭐라고 했더라. 큰 파편이 날아다니지 않도록 조심하라고 했지. 파편에 스치기만 해도 우주복이 파손된다고. 우주 공간에서 내 몸을 지켜 주는 건 우주복뿐인데 그런 일이 벌어진다면 결과는……. 뒤이어 형서 앞에 드리운 그림자. 무언가가 부딪히는 느낌. 우주복 밖에는 공기가 없건만 형서는 부서지는 소리를 들은 것만 같았다.

채굴 도우미 로봇이 공중에 살짝 떴다가 자세를 바로잡고는 보고했다.

"파편은 막았습니다. 위험 요소가 사라졌으니 작업을 재개하겠습니다."

형서는 뒤늦게 상황을 파악했다. 그를 향해 날아오던 돌덩이를 로봇이 제 몸으로 막아 주었다. 목숨을 구해 준 것이다. 인간보다 월등한 센서와 움직임으로.

찬우가 물었다.

"괜찮아?"

형서는 그렇다고 대답하면서, 정체를 알 수 없었던 묘한 감상의 정체를 문득 깨달았다. 마이더스호와 거미호와 채굴을 돕는 인공지능들은 단순한 도구가 아니야. 고향 행성에서 멀리 떨어져 나오면 인공지능과 기계는 삶의 일부라고. 앞으로는 다들 그렇게 살겠지.

형서는 이제 마이더스호를 등지고 반대편을 바라보았다. 자그마하고 짧은 아포피스의 지평선 너머로 광활한 우주가 끝없이 펼쳐져 있었다. 그는 그 안에서 수백, 수천의 마이더스호와 인간과 로봇들이 함께 일하고 살아가는 광경을 얼핏 보았다.

번지점프를 하다

"자, 번지점프 준비."

우리는 이 일을 '번지점프'라고 부른다. 3만 6,000킬로미터 상공의 정지 위성 궤도에 놓인 우리의 작은 위성에서 케이블을 매단 드론이 강하하는 순간, 우리는 20세기에 로켓이 대기권을 가르며 날아오르는 순간을 지켜보던 NASA 직원들처럼 숨을 죽인다. 물론 그들은 올라가고 우리는 내려간다는 차이가 있지만 긴장감은 다르지 않다. 케이블이 하강하면서 균형점이 변하기 때문에 반대 방향으로도 추를 단 드론을 같은 속도로 날린다. 철강의 100배 강도를 갖는다는 다층 탄소나노튜브로 만든 케이블이라지만, 3만 6,000킬로미터에 달하는 케이블의 인장력을 확인하

는 순간만은 입안이 바짝바짝 마른다. 예전에도 다른 업체에서 케이블을 설치하다 갑자기 일어난 돌풍으로 케이블이 중간에 뚝 끊어지는 사고가 일어나지 않았던가. 아래쪽에서 끊어졌기에 망정이지 위에서 끊어졌으면 지구 지름의 세 배나 되는 케이블이 성층권을 휘저으며 전자기 돌풍을 일으켜 전 지구적인 재앙이 발생했을지도 모르는 일이었다.

케이블을 매단 드론이 지상 기지에 안착했다는 신호가 오자 우리는 환호하며 축하를 나누었다. 아직 클라이머를 오가며 케이블을 보강하는 작업이 남아 있지만 큰 고비는 넘긴 셈이다.

"지구에 설치되는 열 번째 궤도 엘리베이터네요."

"그래요. 그리고 우리 유로파에서 지구에 내린 첫 번째 엘리베이터고요."

옛날에 인류가 달에 착륙하지 않았다는 음모론이 어찌나 유행했는지, 이에 대응하는 패러디 영상이 나온 적이 있다. NASA에서 달에 사람을 보낸 척 음모를 꾸미는 영상이다.

"그래도 떠벌려 놨으니 인류를 속이기는 해야 해요. 일단 로켓은 발사합시다."

영상 속에서 정치인이 말하자 과학자가 심드렁하게 답한다.

"그 부분이 가장 어려운 부분입니다."

"그래도 달에 갔다 돌아오는 비용은 아낄 수 있잖아요."

"……식비 정도요?"

우주를 향해 내딛는 한 걸음

지금 인류는 거의 돈 한 푼 들이지 않고 중력권을 벗어날 수 있다. 방법은 저 성서의 바벨탑 이래로 고대 사람들이 상상했던 방법 그대로다……. 걸어 올라가는 것이다. 하지만 바벨탑이 무너진 전설을 통해 알 수 있듯, 보통의 물질은 수 킬로미터의 길이와 무게를 버티지 못한다. 바꿔 말하면, 그만한 인장력이 있는 물질만 만들 수 있다면 얼마든지 가능한 일이라는 뜻.

2050년 첫 궤도 엘리베이터가 생겨난 이래, 달과 화성에 연이어 엘리베이터가 건설되었다. 중력권을 벗어나 일단 우주에 이르고 나면 연료는 들지 않는다. 우주 공간에 놓인 우주선은 깃털보다도 가벼운 셈이라, 태양풍이나 행성의 중력 정도로도 쉽사리 가속한다.

우주 진출이 한번 시작되자 그 속도는 무시무시했다. 달 전체가 헬륨-3 광산이 되었고, 화성에서는 화성 전체를 인간이 살 수 있는 환경으로 조성하는 테라포밍 계획이 시작되었다. 화성을 거점으로 인류는 메탄 자원의 보고인 토성의 위성 타이탄과, 얼음 표면 아래에 천혜의 바다가 펼쳐져 있는 목성의 위성 유로파에도 진출했다. 그렇게 한 세대가 지나자 각 행성은 자연스레 지구의 행정권을 벗어난 자치구로 발전했다.

"그래서, 이 엘리베이터까지가 우리 유로파 영토인 거죠?"

창에 얼굴을 대고 지구를 내려다보던 한 직원이 조심스럽게 말했다.

"이번에 바뀐 우주 영토법에 의하면 그렇지요."

내가 마찬가지로 창에 얼굴을 댄 채 답했다.

"이 케이블과 지상 기지와 위성은 유로파 기술로 유로파 우주선에서 만들었으니까요. 이 엘리베이터 자체가 유로파의 국경인 셈이죠. 엘리베이터로 얻는 수익은 전부 유로파 것이고요. 지구는 자원의 보고예요. 막대한 이득을 얻을 수 있을 겁니다."

"법이 그렇게 바뀌면 지구에는 불리하지 않나요?"

"그야 그렇지만."

나는 어깨를 으쓱했다.

"투표에서 밀렸으니까요. 지금은 우주인 인구가 지구인보다 많잖아요."

서울의 끝

어렸을 때 부모님이 컴퓨터 좀 그만하고 책을 읽으라고 하면 짜증을 냈던 게 기억난다. 내가 그렇게 될 줄이야. H 씨가 가상 현실 그만하고 컴퓨터 좀 하렴, 걱정스럽게 말하면 아이는 짜증을 내며 말한다.

"이것도 컴퓨터랑 똑같은 거거든요? 정보량은 훨씬 더 많고요. 눈으로 텍스트랑 동영상을 보는 건 정보 효율이 너무 낮아요. 사람은 온몸으로 정보 처리를 해야 하는 존재라고요."

"그래, 그렇지만 쓰레기 정보들을 관성적으로 처리해야 하는 존재는 아니지."

그러면 아이는 말이 말 같아야 대화를 하지, 하는 표정으로 다시 이마에 전극을 달고, 전산 데이터로 인공적으로 구성된 감각 환경인 '데이터 스피어'에 접속한다. 반에서 아직까지 멍청하게 전극을 쓰는 건 자기밖에 없다면서 신경-회로 접합 수술을 해 달라고 조르지만 H 씨는 졸업할 때까지는 절대 안 된다고 못 박아 두고 있다.

물론 H 씨는 신경-회로 접합 수술을 받았다. 일할 때는 목뒤에 심은 입출력 단자에 케이블을 꽂고 데이터 스피어에서 업무 정보들을 처리한다. 하지만 업무가 끝나면 결코 데이터 스피어에 접속하지 않는다. 소파에 누워 모니터 벽을 멍하니 보며 네트워크 서핑을 한다. 그리고 자기 방에서 H 씨에게 등을 돌린 채 이마에 전극을 붙이고 말라스™ 단말기로 데이터 스피어에 접속한 딸아이를 걱정스럽게 건너본다. 이건 꼭 주말이면 거실 소파에 누워 TV나 보면서 나한테는 책 좀 읽으라고 잔소리하던 아버지와 다를 바가 없군.

"차라리 AR 렌즈라도 끼고 방에서 나와 놀지 그러니."

H 씨 부인이 지나가며 참견한다. 잔소리라는 부모의 숭고한 의무에 자신도 반드시 동참하겠다는 듯이. 이건 꼭 아버지가 밖에 나가 놀라고 했던 것과 비슷하군. 그때도 골목이란 골목은 모두 재개발되고 도로마다 차들이 빽빽하게 지나다녔는데.

물론 아이는 부모의 잔소리 따위는 들은 체도 안 하는데, 실제로도 안 들리기 때문이다. 아이의 감각 기관은 모두 스위치가 내려졌고 감각 피질에는 가상의 감각 데이터들이 전송되고 있으니까.

도대체 데이터 스피어에서 뭘 하며 노는지 모르겠어. H 씨는 속으로 투덜거린다. 그냥 뇌의 감각 피질 전체를 이용해서 데이터 송수신 대역폭을 확장한 것에 불과한데 말이야. 사무실에서 아이들이 재미있게 놀 수 있을까? 도서관이나 강의실에서는? 아이들은 공원이나 운동장, 체육관 같은 데서 놀아야 하는 거 아냐? (물론 H 씨도 공원이나 운동장에서 놀아 본 적은 없다. 아버지가 했던 말을 또 똑같이 따라 하고 있을 뿐이다. 아버지가 그렇게 말했을 때, 어머니는 학원이랑 독서실 가기도 바쁜 애한테 무슨 소리냐고 짜증 내셨었지. 도대체 애들이 바깥에서 뛰놀아야 한다는 건 언제 어떻게 생겨난 신화일까? 과연 그랬던 적이 한 번이라도 있기는 했던 걸까?) 지구 인구가 100억 명이 넘는 이 시점에 그건 단지 신화일 뿐이다. 부동산 가격을 내리고 다닌다는 '안티 엔트로피 괴물', 아니면 '서울의 끝'처럼.

'서울의 끝'에 사는 사람들의 이야기가 데이터 스피어 한쪽에서 전설처럼 떠도는 것을 H 씨도 들은 적이 있다. 초고밀도 집적 도시 서울의 가장자리에는 '바깥'을 향해 베란다가 난 집들이 있다고. 1층에서는 베란다를 통해 서울 바깥으로 나가 걸어 볼 수

도 있다고. H 씨는 소름이 돋았다. 서울의 끝이라니, 서울의 바깥
이라니. 뭐 그런 끔찍한 말이 다 있을까. H 씨가 살고 있는 초고
밀도 집적 도시 서울은 아파트와 아파트, 주상 복합 건물과 주상
복합 건물이 밀집하고 밀집한 끝에 모든 공간이 아파트와 아파
트 복도로 바뀌어 버렸다. 아파트 복도는 택배 회사의 무인 드론
들만이 인터넷 쇼핑의 결과물을 분주히 배달할 뿐, 어른들은 데
이터 스피어 기업에 접속해서 근무하고 아이들은 데이터 스피어
학교에 접속해서 공부한다. 아파트마다 택배 상자 사이즈의 보
안문을 빼면 현관도 베란다도 전혀 없다. 사람들은 모두 데이터
스피어 학교에서 공부하고 데이터 스피어 기업에 취직한 다음
데이터 스피어에서 사람들을 만나고 사귀고 결혼한다. 3년에 한
번 초고밀도 집적 도시 서울이 '조각 모으기'를 할 때면 이미 죽
은 노부부들의 아파트가 비워지고, 데이터 스피어에서만 만나던
남편과 아내가 새로운 보금자리에서 비로소 상견례를 치렀다.
운이 좋다면(혹은 나쁘다면) 자신이 태어난 아파트에서 일생을 마
치는 것도 가능하다.

어린 시절을 떠올린 덕분인지 H 씨는 그날 밤 평소라면 하지
않았을 일을 했다. 딸아이가 잠든 사이 몰래 단말기를 들고 거실
에 나와 전극을 이마에 붙이고 접속해 본 것이다. 어머니가, 혹은
아버지가 그때 컴퓨터로 같이 놀아 주었다면 어땠을까. 아니면

최소한 책이라도 함께 읽었다면? 많은 게 바뀌었을까? 그러지는 않았을 것이다. 그렇지만……. 단말기에 남아 있는 아이의 접속 경로를 따라간 H 씨가 도달한 곳은 별들의 바다, 우주 공간이다. 화성의 평원에서의 산책—토성의 고리에 앉아 바라본 하늘—목성의 자기장이 부르는 노래—혜성 위에 올라타기—소행성들의 금속성 휘파람…….

H 씨는 발밑으로 흘러가는 별들을 바라본다. 의식 밑바닥에서는 자신의 육신이 여전히 거실에 앉아 있는 것을 느끼지만, 너무 희미해서 매달리기 힘들다. 저 멀리 태양이 눈부시게 빛나고, 지구의 낮과 밤이 머리 위에서 어지럽게 회전한다. 유체 이탈 같군. 아이가 혹시 사이비 종교 같은 데 빠지기라도 한 걸까? 아니야. H 씨는 저 멀리 지구 중력장 안의 초고밀도 집적 도시 서울의 아파트 거실에서 살짝 고개를 젓는 자신의 육체를 희미하게 느낀다. 인류가 메갈로폴리스에 틀어박히면서 버려진 지난 세기의 우주 탐사선들이 보내온 영상과 소리 신호를 아이들이 이렇게 공감각적으로 조합해 놓은 것이다. 다만 그것뿐이다. 아아, 그래. 아이들은 이미 바깥에서 놀고 있었구나. 어둠과 빛이 꿈처럼 흐르는 가상 우주 속에서 H 씨는 생각했다.

이야기 넷

✕ ✕ ✕

빅데이터, 너는 나를 아는데 난 널 몰라

"어디까지나 권유 사항입니다만."

현종은 친구 청화의 스마트링에서 울린 소리에 살짝 눈살을 찌푸렸다. 그건 이 나라에 사는 사람들이 가장 많이 듣는 말이었다. 이 나라뿐 아니라 전 세계 사람들이 각자의 언어로, 조금씩 다른 표현으로 가장 자주 듣는 말이기도 했다.

"유청화 씨는 바질 페스토 파스타를 드시고, 친구로 등록된 최현종 씨는 알리오 올리오를 드시면 어떨까요?"

청화가 손목에 착용한 스마트링의 개인 비서가 저녁 메뉴를 골라 주었다. 청화는 현종을 흘끗 쳐다보았다. 현종이 고개를 끄덕이자 청화는 스마트링을 쓰다듬어 주문을 마쳤다. 링은 식당에 마련되어 있는 수신 장치로 주문 내용을 전송했다. 현종은 자신과 청화가 저녁 식사로 주문한 음식과 점포의 위치가 거대한 데이터 모음 속에 나이테처럼 영원히 새겨지는 광경을 떠올려 보았다. 재미있는 점은 현종이 정말로 알리오 올리오를 먹고 싶다는 사실이었다.

"정기 검진 날짜는 아직 멀었는데 며칠 전에 개인 비서가 여성 의학과 진료를 추천하더라. 너도 알다시피 빅데이터로 도출한 예측은 아주 잘 맞잖아. 그래서 시키는 대로 병원에 갔지. 최근 2년간 내 또래 여자들의 여성의학과 질환이 급증했는데, 나도 그 조건에 맞았나 봐. 바이오칩이 실시간으로 보내는 신체 정보만으로는 확인이 어려운 병을 몇 가지 찾아서 치료받는 중이야."

신뢰에 푹 젖어 파스타를 먹는 청화와 달리 현종은 요새 '빅투유(Big to You)'라는 빅데이터 활용 서비스 때문에 마음이 편치 않았다. 빅투유 서비스는 얼마 전 자동차 구입이나 병원 진료를 권유하는 것과는 차원이 다른 메일을 보냈다.

최현종 님께. 빅투유 서비스가 보내는 메일입니다. 이 메일의 내용은 어디까지나 권유 사항이라는 점을 기억해 주시기 바랍니다. 빅투유는 빅데이터 기술을 활용하는 서비스입니다. 아시다시피 빅데이터는 정형화하고 정량화할 수 없는 자료를 분석하는 방법에 따라 그 활용도가 무궁무진합니다. 그중

우주를 향해 내딛는 한 걸음

에서도 빅투유는 고객께서 실생활과 유무선 서비스를 통해 무의식적으로 수행하는 각종 선택 사항을 분석하고, 체내 신경 물질과 호르몬의 농도 변화와 연계하고 있습니다. 그 결과 개인의 심경 변화, 직업의식, 안정 추구욕, 모험심 등을 수치로 도출할 수 있었습니다.

현종이 착잡한 심경에 사로잡힌 건 바로 그 메시지 내용을 끝까지 들은 다음부터였다.

고객님, 본인의 직업에 회의를 느끼고 퇴사를 고민하고 계시지요? 빅투유 서비스가 분석한 결과 고객님은 최근 들어 취향과 창의성 수치가 급격히 바뀌었습니다. 이제 창작도가 높은 일을 해야 만족도가 올라갈 것으로 보입니다. 고객님을 표현하는 해시태그는 현재 #전위적, #낙관적, #소수지향적이며, 5년간 축적된 자료에 따르면 고객님의 기본 미술 실력은 72/100점입니다. 따라서 '사이드그라운드'라는 웹진의 기획자 겸 일러스트레이터를 추천하는 바입니다.

그 뒤로 현종은 '자유 의지'란 과연 무엇인지 고민에 빠졌다. 그는 정말로 퇴사를 진지하게 고민하고 '사이드그라운드'를 새 직장 후보로 고려하고 있었기 때문이다.

나는 얼마든지 분석되고 행동이 예측될 수 있는 존재였던가? 내 즉흥성과 고유함은 겨우 그 정도였던 걸까? 현종은 만족스럽게 파스타를 먹고 있는 친구의 얼굴을 보며, 빅데이터라는 이름의 거대한 수조에 모든 인간이 담겨 있는 게 아닌지 계속 고민할 수밖에 없었다.

네버랜드의 연인들

평생 반려였던 아내를 무덤에 묻고 돌아온 날 밤, 나는 혼자 아내를 만나러 갔다. 아내는 붉은 꽃이 만발한 정원 한가운데에 놓인 하얀 테이블 앞에 앉아 있었다. 좋아하는 꽃무늬 원피스를 입고, 결혼식 날 그대로의 젊은 모습으로.

"결혼할 때 패턴 저장 서비스 신청해 두기를 잘했어. 그렇지?"

아내가 말했다.

"그러게 말이야. 흑역사 저장 서비스라고 서로 놀렸는데 말이지."

나는 고개를 끄덕이며 답했다.

내 눈앞의 그녀는 이 가상 현실 온라인, VR넷에 상주하는 아내의 3D 아바타다. 우리는 결혼식 날 둘의 모습을 3D 스캔해 VR 넷에 입주 신청을 했다. 접속할 때마다 아바타는 우리 둘의 대화와 행동 유형을 전부 기록해 패턴화한 뒤 대화형 AI에 기록한다. 지난 50년간 수집된 아내의 표정, 손짓, 말버릇이 내 말에 반응해 아바타의 입에서 '자연어 처리'를 통해 흘러나온다. 예전에는 회사가 서비스를 접으면 디지털 데이터도 같이 사라져 버리는 일이 비일비재했지만 지금은 데이터에 보험을 걸어 둘 수가 있다. 이 정원은 우리가 보존비를 내는 한 반영구적으로 보존된다.

"그래서, 나는 죽은 거야?"

아내의 아바타가 물었다. 아내가 자신이 죽은 뒤를 대비해 대화 패턴을 입력해 두었다는 것을 알고 있었기에 나는 놀라지 않았다.

"그래. 하지만 자주 만나러 올게. 당신 외롭지 않게."

"바보, 그 반대잖아. 언제든 당신이 외로우면 찾아와. 난 늘 여기 있을 테니까."

아내가 말하면서 쿡쿡 웃었다. 살아 있을 때 그대로의 웃음이었다.

"당신도 죽고 나서 우리 둘이 여기 앉아 떠들고 있으면 웃기겠다, 그치?"

"애들에게 나까지 죽으면 기일에 괜히 성묘하러 가지 말고 여기 오라고 해 놨어."

내가 아내를 처음 만난 건 어릴 적, VR 어린이집에서였다. 나는 어린이집 리스트에서 네버랜드를 골랐다. 나는 인어들이 노래하고 해적선이 오가는 바닷가에서 매일 같이 놀았다. 거기서 그녀를 만났다. 그녀는 웬디의 모습이었고 나는 피터팬의 모습이었다.

할머니는 내가 VR 어린이집에서 노는 걸 싫어하셨다. 그건 '진짜 사회'가 아니라면서, 현실에서 몸을 부대끼고 진짜 사람을 만나는 어린이집에 보내려 하셨다. 하지만 거긴 너무너무 재미없었다. 현실의 어린이집은 그저 갑갑하고 갖고 놀 것도 별로 없는 심심한 방이었다. 해적도, 바닷가도, 섬도, 요정도, 인어도 없었다. 무엇보다도 웬디가 없었다.

웬디와 나는 초등학교에 들어간 뒤로도 밤마다 금빛 모래사장이 펼쳐진 바닷가에서 만났다. 같이 모닥불을 피우고 별을 보며 숙제를 하고 놀다가 헤어졌다. 결혼식도 VR넷에서 이루어졌다. 해적선 앞에서 피터팬과 웬디 복장을 한 채로. 사회자는 후크 선장 복장을, 친구들은 모두 요정이나 인어, 해적 복장을 했다. 결혼한 뒤에 아내와 나는 VR넷에 가상의 집을 마련했고, 틈만 나면 거기서 어린 날처럼 놀았다. 정원에 놓인 디지털 사진첩에는 우리가 함께했던 나날들이 담겨 있다. 같이 만들었던 장난감이나 모아 온 조개도 주변에 놓여 있다.

"이게 진짜가 아니라는 말에 대해서 어떻게 생각해?"

아내가 테이블에 놓인 조개를 만지작거리며 물었다.

"글쎄, 하지만 함께한 시간은 진짜잖아."

"우리가 현실 세계에서 만났어도 서로 사랑했을까?"

부산에 살던 그녀와 춘천에 살던 나는 고등학생 때 처음 오프라인에서 만났다. 나는 그녀를 진심으로 사랑했지만 그래도 헤어질 준비를 했다. 그녀도 같은 생각을 하고 왔다는 걸 만나고 나서야 알았다. 그날에야 그녀는 내가 걷지 못한다는 사실을 알았고, 나는 그녀가 말을 못 한다는 사실을 알았다.

"그걸 속인 거라고 할 수 있을까?"

아내가 물었다.

나는 피터팬이었고 그녀는 웬디였다. 웬디는 수화와 글자를 음성 프로그램으로 변환해 만든 목소리로 신나게 떠들었고 나는 웬디의 손을 붙잡고 네버랜드 안을 뛰어다녔다. 우리가 서로의 모습이나 목소리가 진짜라고 믿고 사랑했던가? 그 세계가 진짜라고 믿고 즐겼던가? 우리의 추억은, 함께 나눈 시간은 그 자체로 다 진실이 아니었던가?

"그러지 못했을지도 몰라……. 애들은 편견 덩어리니까. 하지만 그러지 않아서 잘된 거잖아. 우린 축복받았다고 생각해."

아내는 미소를 지으며 답했다.

"우린 축복받았지."

"내일 다시 올게."

우리는 껴안고 키스를 했다. 그날 그 역에서 했던 것만큼이나 열정적으로. 나는 외롭지도 슬프지도 않다. 그녀는 여기에 계속 있을 테니까. 언제까지나.

이야기 여섯

× × ×

별 헤는 밤

로켓이 지나가는 우주는 가을로 가득 차 있습니다. 나는 아무 걱정도 없이 선창 밖의 별들을 다 헤아릴 듯합니다. 별 하나하나가 추억처럼, 사랑처럼, 동경처럼, 시처럼 반짝입니다. 추억이 시처럼 반짝이는 계절이 가을 말고 또 있을까요? 나는 문득 쓸쓸함을 느끼고 어머니, 당신을 떠올립니다. 어머니. 저는 어린 시절부터 별들에게 하나하나 아름다운 이름을 붙여 주었습니다. 잠자리에서 창밖을 바라보면 별들은 낮에 놀았던 친구들처럼 밤하늘에서 반짝여 웃어 주었기 때문입니다. 조금 더 커서 우주학교에 다니기 위해 밤늦도록 공부하다 문득 바라봤던 밤하늘의 별들도 친근하고 정답게 저를 위로하고 격려해 주는 것만 같았고, 그건 아버지가 탄 배가 소행성대에서 실종된 이후로도 마찬가지였습니다.

　제가 아주 어렸던 시절, 우리가 아직 지구에 살고 정기 항로는 달과 지구 사이에만 있던 시절에는 아버지가 집에 계시는 시간이 많았습니다. 첫날은 컵을 허공에 내려놓거나 계단에서 뛰어내리는 실수를 하셨지만 이내 웃으며 그네를 고치고 낙엽을 쓸고 어머니와 외출하셨지요. 저는 그때 아버지가 주셨던 달의 먼지가 든 작은 유리병을 여전히 가지고 있습니다.

　어머니, 저는 현창 밖의 별 하나하나에 다시 아름다운 이름 한 마디씩을 붙여 봅니다. 우주학교에서 같이 훈련받은 동기들의 이름과 기, 필, 삼, 묘 이런 별자리 이름들과 벌써 우주로 영원히 떠난 선배들의 이름과, 태양계에 남은 사람들의 이름과, 비둘기, 강아지, 토끼, 노새, 노루, 앞으로는 결코 볼 수 없을 지구의 작고 아름답고 가녀린 동물들의 이름을, 그리고 브래드버리, 스타니스와프, 젤라즈니 같은 시적인 운율이 있는 이름들을 불러 봅니다. 이네들은 너무나 멀리 있습니다. 별이, 그리고 지구가 아스라이 멀듯이. 로켓은 이제 태양권계면을 지나고 있고, 저는 당직을 교대하면 동면실로 가야 합니다.

　궤도 엘리베이터와 우주항이 건설되고, 핵융합로와 이온 플라스마 엔진이 상용화되고, 화성 식민지가 개척되고, 인류의 발걸음이 토성의 고리 바깥까지 뻗어 나가자 아버지가 집에 돌아오시는 횟수는 점점 줄고 간격이 늘었습니다. 기억으로는 초등학교 이후로는 중학교 때 한 번, 고등학교 때 한 번만 우주항에서 잠깐 뵈었던 듯합니다. 오랜 우주 생활로 무중력 구역에서나 간신히 만나 뵐 수 있었던 아버지는 수척하고 피곤해 보였습니다. 하지만 눈만은 별처럼 빛나고 있었지요. 그래요. 아마 아버지 눈 속의 그 별들이 저를 여기까지 이끌었는지도 모릅니다. 이제 저는 아버지가 바라보기만 했던 저 심우주의 별들을 향해 나아가고 있습니다.

어떤 사람들은 외부 태양계 탐사는 시기상조이며 자원 낭비라고 합니다. 태양계 안에도 아직 개척하고 개발해야 할 곳이 많다고……. 어쩌면 그 말이 맞을지도 모릅니다. 어쩌면 이 항해는 섣부른 치기와 이기적인 공명심에서 비롯된 잘못된 선택이 될지도 모릅니다. 하지만 지금까지 인류가 걸어온 길과 이뤄 온 업적 중에서 그렇지 않은 것이 과연 얼마나 되는지요? 어머니, 나는 무엇인지 그리워서 마지막으로 지구에 내려갔던 날 밤, 고향 땅에서 그 많은 별빛이 내린 언덕 위에 내 이름자를 써 보고, 흙으로 덮어 버리었습니다. 뼈를 고향 땅에 묻을 수 없다면 무엇을 대신 묻을 수 있을까요?

항성 간 여행은, 태양계 내 외행성 개척 초창기들이 그랬듯이, 돌아갈 수 없는 편도 항해입니다. 아버지는 그래도 꼬박꼬박 영상 편지를 보내 주셨죠. 하지만 제가 센타우루스 자리 알파성에

도착해서 어머니께 보내는 편지는 빛의 속도로도 4년 뒤에나 도착할 것입니다. 어머니, 제가 과연 어머니 얼굴을 다시 보고, 어머니 목소리를 다시 들을 수 있을까요?

 딴은 밤을 새워 우는 벌레는
 부끄러운 이름을 슬퍼하는 까닭입니다.

 아니, 어머니, 우리의 첫 항해가 실패로 끝난다고 해도 저는 결코 부끄럽지 않을 것입니다. 누구도 우리의 이름을 다시 불러 주지 않는다고 해도 나의 이름은 부끄럽지 않을 것입니다. 이 배가 영원한 밤의 별들의 어둠에 집어삼켜진다 해도……. 그리고 어머니, 그러나, 겨울밤이 지나고 나의 새로운 별에 봄의 아침이 온다면, 무덤 위에 파란 잔디가 피어나듯이 당신 딸의 이름자 묻힌 지구의 언덕 위에도 자랑처럼 풀이 무성할 것입니다.

우리는 지금 미래를 걸고 있습니다

✦✦✦ 빅데이터가 내 마음까지 조준한다고?

요즘 '빅데이터'라는 단어를 많이 접하고 있지요? 단어 그대로 커다란 데이터, 즉 기존 데이터베이스 관리 도구로는 포용할 수 없는 엄청난 양의 자료를 가리키죠. 하지만 자료란 활용을 전제로 한 정보이기 때문에, 수집 및 활용 방법에 따라 빅데이터는 경제적 가치 창출과 직결될 수 있고 여러 분야에서 삶의 질을 향상시킬 수 있습니다.

가령 신용카드 소비 패턴을 분석해 맞춤 광고를 내보내는 것은 이제 흔히 볼 수 있는 데이터 활용 예입니다. 빅데이터를 이용해 사업을 펼치겠다는 업체들은 여기서 만족하지 않고 모든 국민의 소비 행태에서부터 의료 정보, 검색 결과, 심지어 말과 행동까지도 모두 자료화하겠다며 야심을 드러내고 있죠.

그러면 어떤 세상이 도래할까요? 선거철에 빅데이터가 언급되는 광경은 이제 낯설지 않습니다. 교통수단 이용 현황은 교통량 조정에 활용되고 있고,

전염병 전파 경로와 인구 분포 등을 종합 분석한 결과는 유의미한 예방 효과를 거두고 있습니다. 열 길 물속보다 알기 어렵다는 사람의 '마음'은 어떨까요? 우리의 신체 내부와 뇌에서 벌어지는 모든 물리 현상을 계량하고, 우리가 외부로 내보이는 반응과 선택을 전부 자료화한다면, 우리 자신 역시 거대한 데이터 속 어딘가에 존재하게 될까요? 아니면 우리는 계측과 분석으로는 정의할 수 없는 특별한 존재일까요? 데이터를 통해 정의 내릴 수 있는 존재가 우리라면, 그 사실을 확인한 순간 우리는 기존과 똑같이 살아가야 할까요? 아니면 삶의 방식을 재고해야 할까요? 이제부터 여러분과 나눌 이야기는 바로 '삶의 방식과 환경 변화'에 관한 것입니다.

✦✦✦ 너와 나, 우주를 건너

초광속 추진과 공간 도약이 횡행하는 스페이스 오페라들에서는 은하계를 가로지르는 것이 손쉽게 그려집니다. 그러나 실제 별과 별 사이의 거리는 막막하기 그지없어서, 화학 연료 로켓을 대체할 새로운 기술들이 상용화된다고 하더라도 외행성들과 지구 사이의 항해는 대항해 시대의 대륙 간 항해와 비슷할 것입니다. 하물며 항성 간 항해는 아직 까마득하기만 합니다. 빛의 속도로도 가장 가까운 별까지 4년이 넘게 걸리는 거리는 아무리 미래의 기술이라도 쉽게 극복하기 힘들어 보입니다.

그러니 현실적인 무게감을 원하는 SF 소설들이 배경을 태양계 내부로 한정하는 것은 자연스러워 보입니다. 제임스 S. A. 코리James S. A. Corey의 『익스팬스』 시리즈는 지구와 화성, 소행성대의 정치적 알력과 외계로부터의 위

나로호가 발사된 지 벌써 10여 년이 지났습니다. 보이저호는 이미 태양계 밖을 떠돌고 있고요. 우리는 우주를 어디까지 탐사할 수 있을까요?

협을 다루고 있습니다. 아서 C. 클라크 Arthur C. Clarke의 『스페이스 오디세이』 시리즈는 토성과 목성을 배경으로 매력적이고 풍부한 지적 모험담이 나올 수 있다는 것을 오래전에 입증한 바 있죠(이 소설에 대해서는 뒤에서 좀 더 자세히 이야기할 겁니다).

앞으로의 우주 탐사와 개발은 많은 SF 소설이 예견했던 것처럼, 달과 소행성들에서의 자원 채굴을 중심으로 시작될 것입니다. 그렇다면 정말 달이나 화성, 혹은 그 너머의 행성들에 영구적인 식민지가 들어설까요? 지구 자원이 모두 고갈되고 환경이 돌이킬 수 없이 오염되지 않는 한 인류가 이 포근한 요람을 떠나는 날은 쉬이 오지 않을 것 같지만요.

하지만 어느 시대에나 지금 여기가 아닌 다른 언젠가, 다른 어딘가를 꿈꾸는 이들은 늘 있었습니다. 인류가 앞으로 살아갈 세상을 일구는 것은 언제나 그런 사람들이었죠. 우주에 진출한다는 것은 말처럼 간단하지 않습니다. 사람들은 흔히 기술이 문제라고 생각하지만, 우주 진출이 어려운 것은 꼭 기술적인 문제 때문이 아닙니다.

이를테면 과학 기술 관련 뉴스에서는 여전히 소행성에서 희귀 금속을 채굴해 막대한 금전적 이익을 창출할 수 있다는 꿈같은 이야기를 발견할 수 있습니다. 화성에 무인 기계를 보내 물과 생명체의 흔적을 찾는다는 건 한참 과거의 이야기가 됐지요. 하지만 산업적 전망은 어디까지나 구글을 비롯한 자본주의 첨병들의 사례입니다. 외계 생명을 찾는 일은 NASA와 과학자들의 업적이었습니다. 그 두 진영이 우주로의 걸음을 내디디는 동안 우리는 앞으로 뭘 하며 먹고살아야 할지, 직업들이 사라지지는 않을지, 미세 먼지를 비롯해 대기 오염이 얼마나 더 나빠질지, 수명은 길어진다는데 건강하게 살아갈 수 있을지 등을 걱정하며 살아가고 있습니다.

이 사이에는 분명히 좁지 않은 간극이 있습니다. 그리고 그 간극을 뛰어넘으려면 추진력이 있어야 합니다. 그 추진력은 어디에서 비롯될까요? 개척 정

화성은 우주를 배경으로 한 서사에 자주 등장하는 행성입니다. 영화 〈마션〉에서는 화성에서 살아남기 위해 밭을 일궈 감자를 키우는 장면이 나오기도 하죠.

신이나 도전 정신이라는 막연한 개념? 아마도 먼 미래에 대부분의 사람들은 삶의 압력이 등을 떠밀 때 우주로 나가게 될 것입니다. 어쩌면 도피라고 볼 수도 있을 텐데, 어쨌든 그 압력이 빈곤이나 지구 오염처럼 비극적인 상황이어서는 안 됩니다. 지구 밖은 절박함에 쫓긴 자들을 너그러이 받아 줄 만큼 녹록지 않을 수도 있으니까요.

우리가 지구 공동체의 내실을 다지고, 기계와 더불어 우주 개척지를 원만히 운영할 수 있을 만큼 의식을 성장시켰을 때에야 비로소 우주는 위험한 모험지가 아니라 진짜 삶의 터전이 될 수 있을 것입니다. 문제는 비용 대비 효과겠지요. 미래는 이미 와 있습니다. 아직 비쌀 뿐입니다. 우주 진출에 가장 돈이 많이 드는 지점은 중력권을 탈출하는 순간이라고 합니다. 여기에 천문학적인 금액이 들다 보니, 옛날 사람들이 '그때쯤 되면 달 왕복선이 오가고 화성 식민지를 몇 개쯤 세워 놨겠지.' 하고 상상했던 시기가 지났는데도 우리는 여전히 지구에서 살아가고 있어요.

하지만 대기권 탈출에 돈 한 푼 들지 않는 때가 찾아온다면 어떻게 될까요? 허무맹랑한 이야기가 아닙니다. 이에 관한 이론도 있고, 연구도 진행 중입니다. 필요한 것은 물질의 강도입니다. 다시 말하면, 대기권 밖에서 지상까지 늘어뜨려도 끊어지지 않을 만큼 단단한 엘리베이터 케이블만 만들 수 있으면 돼요. 탄소나노튜브처럼요. 그러니 우주 엘리베이터는 생각보다 머지않은 미래에 실현될지 모릅니다. 그렇게 되면 과거 화석 연료가 대중화되었을 때나 컴퓨터가 대중화되었을 때 이상으로 우리 삶의 패러다임이 크게 바뀔지도 모르지요.

✦✦✦ 미래 사회에 대처하는 우리의 자세

아이작 아시모프, 로버트 A. 하인라인과 함께 3대 SF 작가로 꼽히는 아서 C. 클라크를 아시나요?

2017년 탄생 100주년을 맞이한 그는 '통신 위성'과 '인터넷', '우주 정거장', '핵 발전 우주선' 등 현대 과학에 절대적인 영향을 끼친 미래학자로도 알려져 있습니다. 그는 과학적 상상력과 철학적 성찰이 어우러진 수많은 명작을 남겼는데, 특히 『스페이스 오디세이』 시리즈는 지금까지도 많은 이에게 놀라움을 안겨 주는 작품입니다. 이 시리즈는 스탠리 큐브릭 감독이 메가폰을 잡아 영화 역사상 최고의 걸작으로 손꼽히는 영화를 탄생시킨 『2001 스페이스 오디세이』를 비롯해 『2010 스페이스 오디세이』, 『2061 스페이스 오디세이』, 완결작 『3001 최후의 오디세이』까지 총 네 편의 이야기로 이루어져 있습니다.

그중에서도 『스페이스 오디세이 2061』에 대해 잠깐 이야기를 나눠 볼까

아서 C. 클라크와 영화 〈2001 스페이스 오디세이〉의 포스터.

합니다. 이 작품에는 인류가 유로파(목성의 위성)에 진출하려 하자, 초지능을 가진 외계인이 나타나 유로파에는 이미 거주하는 생명체가 있다며 접근을 금하는 내용이 나옵니다. SF 소설 속이 아닌 현실에서 우리가 우주에 진출하게 될 때를 상상해 봅시다. 행성의 자연을 보존할 것인지, 인간이 살 수 있는 환경으로 바꿀 것인지, 행정 구역과 정치 단위는 어떻게 타협할 것인지, 과연 그때에도 주도권은 지구에 있을 것인지……. 예상할 수 있는 문제와 예상하지 못한 문제가 우르르 쏟아질 것입니다.

2017년, 세계 인공지능 전문가들이 미국에 모여 '아실로마 AI 원칙'이라 명명된 스물세 개의 인공지능 원칙에 서명했습니다. 이 중 마지막 원칙이 '공동선', 즉 '초지능은 하나의 나라와 조직이 아닌 모든 인류의 이익을 위해 개발되어야 한다.'는 내용이었습니다. 이와 마찬가지로, 우주 진출의 시대가 오기 전에 원칙에 대한 논의가 필요하지 않을까요?

또 한 명의 SF 작가 윌리엄 깁슨 William Gibson 을 소개할까 합니다. 서른 즈음부터 SF 소설을 쓰기 시작한 깁슨은 1982년 「불타는 크롬(Burning Chrome)」이라는 단편에서 최초로 '사이버 스페이스'라는 개념을 썼습니다. 이어 1984년 첫 장편소설 『뉴로맨서』를 발표하면서 '사이버펑크 문학'의 창시자로 불리게 됩니다. 우주선이나 외계인이 등장하는 기존 SF 소설과 달리 해커들이 등장하고 초거대 기업, 불법 시술 등 암울하고 우울한 미래상을 선보여 큰 반응을 이끌어 냈죠.

사실 윌리엄 깁슨의 사이버펑크 소설 이전에도 가상 현실은 SF의 흥미로운 소재였습니다. 특히 벽면 텔레비전이나 광학적 장치 등을 담은 1950년대

『뉴로맨서』에서 묘사되는 사이버 스페이스는 인터넷 공간과는 다릅니다. "모든 나라에서 수십억 사용자들이 매일 경험하며 공유하는 환각"으로, 영화 〈매트릭스〉 속 가상 현실을 떠올리면 이해하기 쉽습니다. 〈매트릭스〉는 이 소설에서 큰 영향을 받아 만들어졌죠.

SF의 가상 현실에는 주관과 객관, 환상과 현실 사이의 경계선을 지워 버리는 과학 기술에 대한 불안이 투영되어 있습니다. 증강 현실 게임과 3D 영화가 일상화된 지금은 다소 진부하고 뻔한 소재입니다만, SF가 꿈꿨던, 현실보다 더 현실적인 가상 현실은 아직 요원합니다. 그렇기에 우리는 미래 앞에서 불안하고도 설레는 이중적인 감정을 가질 수밖에 없는 거죠.

　영화 〈아이언맨〉의 실제 모델로 알려진 기업인 일론 머스크^{Elon Musk}는 미래 인류가 가상 현실에 살지 않을 가능성은 10억분의 1이라고 말합니다. 가상 현실 개발 속도가 1000분의 1로 줄어든다 해도, 우리가 현실과의 구분이 사실상 불가능한 가상 현실을 만들리라는 것은 거의 확실하기 때문이라고 하네요. 선도적인 로봇 기업 핸슨 로보틱스사의 데이비드 핸슨^{David}

Hanson은 SF의 거장 필립 K. 딕Philip K. Dick의 생전 편지와 인터뷰를 모아 대화형 로봇 '필립 K. 딕 안드로이드'를 만들었습니다. 동영상과 대화 기록을 예전과는 비할 수 없이 방대하게 저장할 수 있는 지금, 죽은 사람을 가상 현실에서 대화형 AI로 구현하는 것도 어렵지 않을 것 같습니다.

미래가 어떻게 변할지는 아무도 장담할 수 없습니다. 단지 변한다는 사실만을 장담할 수 있을 뿐이죠. 아주 작은 것 하나만 변해도, 그것을 둘러싼 많은 것이 같이 변하니까요. 미래를 정확히 예측하고 대비하는 것이 어려운 까닭입니다.

그렇기에 미래가 어떻게 변하든 유연하게 대처할 수 있도록, 유연한 사회를 만드는 것이 중요합니다. 그런 사회를 만들려면 유연한 교육이 필요할 거고요. 편견 없는 열린 마음과 합리적인 생각을 가질 필요가 있습니다. 기술을 너무 낙관해서도 곤란하고, 무조건 비판하고 반대하는 것도 곤란하겠죠.

변화는 이미 와 있습니다. 아직 널리 퍼지지 않았을 뿐이죠. 주변을 둘러보고 생각해 봐 주세요. 지금 세상은 어떻게 변하고 있는가. 나는 그 변화를 어떻게 받아들일 것인가.

이미지 출처

- 56쪽   shutterstock
- 57쪽   shutterstock
- 59쪽   국립극장
- 61쪽   위키백과
- 94쪽   위키백과
- 95쪽   shutterstock
- 99쪽   midjourney
- 150쪽 shutterstock
- 151쪽 unsplash, @onesix
- 155쪽 shutterstock
- 157쪽 shutterstock
- 193쪽 shutterstock
- 194쪽 shutterstock
- 196쪽 위키백과
- 198쪽 shutterstock